U0672179

做一个刚刚好的女子

曹岚　主编

百花洲文艺出版社

图书在版编目（CIP）数据

做一个刚刚好的女子／曹岚主编. —南昌：百花
洲文艺出版社，2018.12
ISBN 978－7－5500－3051－0

Ⅰ．①做… Ⅱ．①曹… Ⅲ．①女性－人生哲学－通俗
读物 Ⅳ．①B821－49

中国版本图书馆 CIP 数据核字（2018）第 237507 号

做一个刚刚好的女子

曹岚 主编

出 版 人　姚雪雪
出 品 人　杨建峰
责任编辑　袁 蓉
美术编辑　松 雪 王 进
制　 作　王 进
出版发行　百花洲文艺出版社
社　 址　南昌市红谷滩世贸路 898 号博能中心 A 座 20 楼
邮　 编　330038
经　 销　全国新华书店
印　 刷　三河市众誉天成印务有限公司
开　 本　880mm×1270mm　1/32　印张　8
版　 次　2018 年 12 月第 1 版第 1 次印刷
字　 数　196 千字
书　 号　ISBN 978－7－5500－3051－0
定　 价　29.80 元

赣版权登字 05－2018－430

版权所有，侵权必究

邮购联系　0791－86895108
网　 址　http://www.bhzwy.com
图书若有印装错误，影响阅读，可向承印厂联系调换。

前　言

　　怎样做一个刚刚好的女子？　女人的自信来自一个人内心的淡定和坦然，要做到内心强大，前提是看清身外之物的得与失，做最好的自己。　患得患失的人，不会有开阔的心胸，不会有坦然的心境，也不会有无畏的勇气。　在这个忙碌的世界，生活的焦虑、工作的压力、家庭的担忧，常常让女人感到苦恼和烦闷。　于是，经常会听到一些女人无奈地抱怨自己多么不幸福，多么不快乐。　与其说纷扰的外界环境让她们的生活少了一份安宁，不如说是她们的内心少了一份自信。

　　刚刚好，不攀附，不将就是一种生活态度，是不争，是宠辱不惊，也是对简单生活的追求，但它绝不是平庸。　平庸的女人没有太大的能力，只是平凡地生活着。　刚刚好的女人却有较高的修养，有能力争取自己想要的一切，却不看重这一切。

　　刚刚好的女人，经过时光的雕琢，露出晶莹剔透的内在。她们的美由内向外渗透，仿佛能氤氲出淡淡的芳香，让人不禁心生亲近之心。　或许，她们没有大量财富，没有极高的地位，但她们的内心是丰盈富饶的。　她们不是等待幸福的来临，而是主动去追求自己想要的东西，努力为自己创造快乐的生活。　她们清楚地认识到现实和理想的距离，所以不会好高骛远、缘木求鱼，也不爱慕虚荣、盲目攀比。她们只追求自己认定的幸福，简单而快乐。

在丈夫看来，她是温婉体贴的妻子；在朋友看来，她总是不动怒、不争吵；在工作中，她游刃有余，领着不错的薪水……她们不争不抢，却偏偏一切看来都唾手可得；她们不急不躁，一切难题却都迎刃而解。仿佛生活对于她们而言，永远是风和日丽，美好得让人艳羡。

毋庸置疑，刚刚好的女人是智慧的、优雅的、幸福的。比幸运人普通，比普通人幸运，不用攀附他人的枝干，也绝不将就低矮的草丛，一切，都刚刚好。

知名女作家毕淑敏说："作为女人，我喜欢那种静若幽兰、芳香四溢的女性，她心存感恩，又乐于独自远行。知道谢父母，却从不盲从；知道谢天地，却不畏惧；知道谢自己，却不自恋；知道谢朋友，却不依赖。"这样的女人喜欢读书，一世才情，冰雪聪明，却掩埋于怀，从不张扬。

本书是全球智慧、优雅女性都适用的"智慧圣经"，可帮助女性摆脱内心束缚、追求宁静平和。阅读本书，学做一名刚刚好的女人，拥有一份刚刚好的生活态度，让人生更加平和而美丽。

2018 年 8 月

目 录——— Contents

女人的一生决定于二十几岁

二十几岁，是女人一生中最美好最短暂的时光。二十几岁的女孩留着一头飘逸的长发，拥有健康的身体。青春是一种责任，它充满了理想与信念，充满了希望与激情，让我们深刻地感受到青春的激情在年轻女孩中间迸发、激荡和升华。

女人在二十几岁的时候学到的东西和遇见过的事情，是一生当中最宝贵的财富。在这个充满青春活力的岁月里，不断地树立新的目标，再用年轻的生命努力地去创造奇迹，实现自己的梦想，将会受益良多。

高中刚毕业的小莲，开始了找工作的生涯。在这个遍地都是大学生的时代，几次碰壁后，拥有高中学历的她只找到了一份"电梯小姐"的工作。每天面对的都是相同的面孔，但每个面孔都是那么冷漠和陌生，而且无视她的存在。随着时间的推移她的思想发生着转变，她想：我才20岁，不能一辈子就这样待在这个狭小的空间里，被人看不起。想到这里，她做出了一个重要的决定："重新返回校园，考入大学。"

对她来说，做出这个决定是很困难的，这将严峻地考验她的毅力。对她的家人来说，女儿放下书本这么久了，还能顺利地拿起来吗？况且，回学校后，能受得了那么大的压力吗？万一考不上怎么办，能再找到工作吗？

这同样是对心理的挑战。摆在面前的现实不但困难重重，而且顾虑很多，但在经过激烈的思想斗争后，她得到了家人的支持，毅然决然地选择了重返校园。

可想而知，放下书本那么久的她，数学和英语成绩非常差。在第一次考试中，她的英语只得了 10 分。看着自己红红的分数，小莲的心里像打翻了五味瓶一样，眼泪不经意地流了下来。在那次考试后，老师召集同学开了个会，在会上点了不及格同学的名字。但是，老师并没有点她的名字，她知道老师没有放弃她，她更不应该放弃自己。在这件事情上，老师让她明白，一定要放下心里的负担，奋发向上专心学习。

在后来的日子里，早晨 5 点，教室第一个出现的人总是她；晚上 10 点关门最后一个走的人也是她；她还利用课间、午休的时间，努力学习。每次坚持不住的时候，她都会想起自己的梦想和自己的父母，想想曾经经历过的那段痛苦的日子。就这样，在她的努力下，第二次英语考试她考了 60 分，这个坚强的姑娘再一次流下了泪水。这一次是激动的泪水，这个分数对其他人来说是微不足道的，但对她来说更加坚定了她的梦想。

坚持了一年之后，迎来了那个期待很久的六月，那个对高三学生不同寻常的六月。胸有成竹的小莲走进了考场，这将是她人生的转折点。苍天不负有心人，小莲以优秀的成绩考入了北京某名牌大学，实现了自己的梦想。

年轻就是要敢想敢做。 小莲让我们懂得，用自己青春的激情燃烧自己的岁月。 她清楚地制定出一个目标，并且在现实中逐步实现。 二十几岁，正是年轻气盛的时候，每个人心里都有一个梦想，我们应该奋发向上地朝着自己的梦想前进和奋斗。

有一个很出色并且爱做梦的女孩叫梦梦，她一直对未来毫无概念，没有任何明确的目标。上大学的时候，她不想虚度周末的时间，于是去做兼职——在超市门口发传单。对她来说，这是受到启蒙的一份兼职。

那是一个非常寒冷的冬天，寒风凛冽，站在超市的外面被冻得浑身发抖的她，还要遭受路人的歧视。寒冷中遭受冷漠又觉得无助的她真正地感受到了这份工作的辛酸。当她看到超市进进出出的一家三口时，从心底里觉得那是一件非常幸福和快乐的事情，心中隐约产生了羡慕之意。就在那一刻，寒风彻底地吹醒了她的头脑，她心中暗想：自己要做一个收入不错的白领，周末可以自由自在地和家人一起逛街，买好多东西。虽然这是一个比较单纯的目标，但却很坚定。

在后来的日子里，她拼命地学习——别人休息的时候，她在努力学习；别人学习的时候，她也在努力学习。每当她觉得累的时候，她都会想起那个寒冷的冬天，然后她就会为了自己的那个目标坚持不懈地奋斗。

吃得苦中苦，方为人上人。目标造就成就，终于她考取了某名牌大学的研究生。研究生毕业后她实现了自己当优秀白领的愿望。现在，每到周末她的一家三口就会幸福地去超市购物和逛街，走进超市的那一刹那，她仿佛看见了几年前的那个站在寒冷冬天中被风吹醒的自己的影子。

充满幻想是很多二十几岁女孩的思维方式，但是只有把幻想制定成目标，幻想才有可能成为现实，一个触手可及的现实。

二十几岁的目标更能造就人。不一定非要有着宏大的目标，其实一个小小的目标也可以让人受益匪浅。比如"坚持每天都早起 10 分钟背单词"，这件事听起来很简单，但是做起来却是一件很难的事情。每天坚持早起 10 分钟，一个月后毅力和词汇量都会突飞猛进地增长。

二十几岁正值青春年华，有着大把的青春可以肆意地挥霍，也有很多需要学习的事情和值得憧憬的未来，首先为自己制定一些近期和长远的目标，不管目标大小都会使你的青春更加精彩。

梦想就像一场疯狂的接力赛，青春就像一支被传递的接力棒，接力棒只有在疯狂的接力赛中才能发挥出它应有的光芒！

学会在三十几岁的时候接纳自我

三十几岁的女人好似一朵经历过风吹雨打依然顽强绽放的花朵，是那样的坚实和美丽；三十几岁的女人又好比一杯清淡的绿茶，从单纯走向成熟，看似很平淡却让人回味无穷。她们懂得付出和拒绝，懂得埋藏内心的秘密。

三十岁的女人，有了属于自己的工作和家庭，不再理直气壮，更多的是淡定和从容。在这个年龄里，最重要的是拥有平和的心态、感恩的心。

30岁的小雪，现在终于可以接受这个年龄了，因为她明白经历了曾经的沧海桑田，现在的自己已经变成了富有成熟魅力的女性，她的美不再只是一种感觉。她会用心去感受美丽，从中接纳美丽给她带来的幸福。

曾经在大学拿过歌唱冠军的小雪会唱很多种类的歌，歌声非常好听，男声高低音、女声高低音、快歌和慢歌，她都非常拿手。30岁的她，已经发生了转变，不再唱李玟的歌了，因为已经不适合了。但是她仍然经常和朋友一起去唱歌，她现在唱齐秦和邓丽君的歌，和年轻的时候截然相反，不再是单纯地唱，而是用心在唱，能够深切地感受到歌词的含义。

突然有一天，喜欢照镜子的小雪从镜子中发现自己长了一根白发，这使她很难以接受，并且给她的心灵带来了很大的打击，很长一段时间她都不愿意照镜子。最后，经过一段时间她终于想通了：现在的她，坚强、自信和美丽。

现在，她喜欢从镜子中看着自己的喜怒哀乐。对着镜子里的自己说说话，安慰一下，鼓励一下，她发现镜子可以改变自己的心情，还可以看到自己的内心世界。

小雪很坦然地接受了30岁的自己，用心灵去感受自己嗓音的甜美，虽然外貌不再年轻，但是依然可以看到年轻美丽的心和自信。

三十几岁的女人，更加理智，更加放肆，依然有着对美丽的追求。她们用"聪明"来经营自己的生活，完善自己的生命。

已经三十多岁的李英爱被称为"氧气美女"，有着清澈的双眼和婴儿般的皮肤。她现在依然是众多男人和女人心目中的偶像，成熟中带有清纯、甜美、高雅的气质。

你们知道年轻的时候曾被称为"玉女偶像"、"中国影视界四小花旦之一"的女子吗？而且她还是2002年的北京市花，最年轻的女性导演。对了，她就是已经三十多岁的徐静蕾，曾经清纯可人的她，现在变得成熟而富有魅力。"老徐的博客"让我们重新看到了昔日的清纯少女，还是那么有才情和稳重。《开讲啦》更使徐静蕾人气暴涨，她在人们心中仍然那么有影响力。

女人在三十几岁的时候富有成熟美，那种经受岁月磨炼的过程使这时候的女人更加美丽动人。 所以，女人要对自己好一点。

　　三十几岁的女人经历着工作上的压力以及家务和生活中的琐碎小事情，这都会让她们提前衰老憔悴。 女人在三十几岁的时候应该学会自我调节，学习瑜伽、茶艺……丰富自己的业余生活。 不是为了有多大的成就，而是为了能够更好地改变自己的心态。

　　心情烦躁时，去大自然中品味鸟语花香，把自己的烦躁抛到九霄云外，收获一份清新，一份好心情，好好给自己放个假，这样你的视野会变得更加开阔，胸怀也会变得更加宽广；需要彻底放松就去 KTV 唱歌，或者去灯红酒绿的迪厅蹦迪，动感的音乐可以让你的压力彻底消失，还可以带着你的心一起释放。

　　三十几岁的女人要经常做一些锻炼，如跑步、骑车、爬楼梯等有氧运动。 平时要多培养一些运动爱好，这样就会有个健康的身体，形象和气质也会跟着变好。

　　三十几岁的女人，不会再为失去的往事感到忧伤，而会勇敢地接纳自己，因而这个年龄段的女人更有韵味，从单纯的少女变成了富有女人味的女人。 三十几岁的女人经过岁月的洗礼后变得更有魅力、稳重且透着自身的修养，使自己在这个年龄中更加绚丽夺目。

四十几岁，智慧与心态并重

女人在四十几岁的时候，有着丰富的知识和成熟稳重的修养，经历了许多坎坷，不管是事业还是家庭。经历过很多的事情以后，她们有着很高的悟性，能够透彻地看清世间的很多事情。她们的心态是值得我们学习的。

只有有了好心态，四十几岁的女人才能拥有绚烂的生活和永葆青春的秘方。她们凭着智慧和好心态，在这个特殊的年龄里展现着自己的美丽。

于丹同样也是 40 岁的女人，她是个很传奇的女性。在 2006 年，她是电视界、学术界，以及出版界的奇迹。她能够成为人尽皆知的公众明星人物，靠的就是知识和智慧。

于丹从《百家讲坛》节目中走出，她写的《于丹〈论语〉心得》曾经日销售达到一万册，她写的《庄子心得》创造了 13 天销售百万册的出版奇迹。她主讲《百家讲坛》时，节目收视率为什么那么高？在这个学术图书渐渐消失的今天，为什么她的两本书能创造出神话般的奇迹呢？原因就在于她拥有渊博的知识和过人的智慧。

在一个访谈节目中，所有的嘉宾都在讨论一个关于中性美的话题。于丹从古代说到现代，引经据典，在场的其他大学教授甚至没有说上半句话的机会；在《艺术人生》中，于丹侃侃而谈，有理有据，让身为主持人的朱军毫无接话的机会；在《百家讲坛》里，于丹更是高谈阔论，从古到今，吸引和震撼了所有观众。

于丹从4岁就开始读《论语》，至今已经读到40岁了。其言谈举止足以反映出她的学识和才华，她的自信和智慧在其神态中体现得淋漓尽致。于丹曾经说过，2006年她的两个主题是孔子和孩子，学术上是孔子给她精神的寄托，现实中是孩子给她精神的寄托。她的美丽不仅透着睿智的光芒，而且还展现了一个母亲的慈爱。40岁的她既是学者也是母亲，她也曾"爱玩、爱闹，是一个无可救药的乐观主义者"。让人惊讶的是，有着这样的智慧的女人曾经也有着和凡人相同的经历。

于丹是北京师范大学的教授、中国古代文学硕士、影视学博士，现任中央电视台新闻频道和科教频道的总顾问、北京电视台首席策划顾问。在家庭中，她用心呵护孩子的成长和家庭的温馨，因为她爱自己的家庭。

作为一个40岁的女人，于丹拥有成功的事业、美满的家庭，她无疑是个成功者。对于这个年龄的女人来说，已经很知足了。而她拥有的资本，就是她渊博的学识和过人的智慧。她用自己独特的知识魅力，赢得了家人和广大观众的喜爱。

四十几岁的女人，心态是决定这个年龄是否快乐的重要筹码。在失去了很多东西和得到了很多东西的同时，很容易迷失自己。 如果死死抱住已逝的光阴不放手，就永远得不到快乐。女人要珍惜和享受现在来之不易的生活，因为生意有赔有赚，身体和生活也有好有坏，只有自己的心态才是生活是否幸福的关键。

　　已经40岁的金琳，岁月的痕迹让她的脸变得很沧桑，但是她有着良好的心态，乐观的她看起来充满了活力和魅力。儿子没上大学的时候，她在家中一直是全职太太的角色。儿子上大学以后，闲下来的金琳就想找点事情做，正好小区有家杂货店要转让，于是金琳决定接手过来。

　　不顾家人的阻挠，她还是执着地把小店盘了过来。金琳把心都放在了工作上面，把进的货和售出的货都清楚地记下来，对待顾客也是态度很好、很亲切。

　　金琳的生意一直做得很好，这跟她的认真和本分是分不开的。即使在没有收入的时候，她也没有沮丧过，因为她的出发点不是为了挣大钱。

　　她现在不但没有闲下来，而且通过做生意认识了很多街坊邻居，空闲的时候大家就在一起聊天。她的心态很好，虽然是个小小的创业但也能从中获得更大的价值。

　　四十几岁有着平和心态的金琳争取到了属于自己的事业，她从创业中慢慢地滋养自己，从中体会更多的人生价值观，现在的她重新找回了一个崭新的自己。

　　四十几岁以后，没有了青春的貌美，也没有了昔日的娇嫩。 然而，白发和皱纹正是母爱的厚厚沉淀。 这是一种与众不同的另类美，美得那样让人动情。

　　女人在四十几岁的时候"腹有诗书气自华"，懂得运用自己的智慧。 在她们眼里，美不再需要从外表上寻找，而是从自身的修养中绽放出来，从而散发出独特的魅力。 她们用智慧当后盾，用心态来说话，于是拥有了长久和耐人寻味的美。

活在当下的女人最幸福

有一个小和尚在寺院里负责扫地、做饭、敲钟。这些毫无新意的生活琐事每天烦扰着他。几个月下来，他厌倦的程度已经到了无可复加的地步。

终于他再也忍受不住寂寞，跑去问禅师："什么是禅？你说我每天都在参禅，可是为什么我感到生活渺茫无趣呢？"

禅师说："生活就是禅，禅就是生活，参透了生活就参透了禅。而生活中最重要的是活在当下。"

小和尚更加疑惑不解，又追问道："每天的生活不是一样毫无新意的吗？我知道我过去几个月都做了什么，难道之后的每个月我还要做同样的事情吗？而现在，正是我迟疑要不要继续的时候。"

禅师笑而不语，站起身来走到门外，指着正在扫地的一个徒弟，在看似扫地的表象下练习着腿脚功夫。他又指着挑水回来的另一个徒弟，他在练习自己的臂力，挑着满桶的水就好像空桶一样平稳……

禅师问小和尚做何感想。小和尚羞愧地低声说："活在当下，就是做好现在的事，不断提高自己的修养和能力，把每一件事当作一次磨炼而不是一个负担。"

禅师颔首，又坐回原地，继续参禅。

我们不能狭隘地把活在当下局限于吃饭的时候去吃饭，睡觉的时候去睡觉，工作的时候去工作，它有更深远的意义，这需要我们进一步思考。

　　活在当下，是享受当下的生活，是为了让现在的生活变得更加美好而不断努力。人活着有三种时间状态：过去、现在、将来。然而人们永远无法改变过去的事，而未来的事又是无可预测的，唯有现在才是最真实的存在。

　　活在当下的女人才会有幸福的感觉。她们不用靠过去的辉煌来慰藉自己，也无须用未来的美好来激励自己。她们珍惜当下的一切，为幸福而努力着。

　　并非所有的女人都能活在当下感受幸福。有的因为自己过去在感情上受过伤而不能打开心扉，不能与别人天南海北地畅谈；有的因为过去的不足而轻视自己，在别人面前，感到自卑；有的因为生活环境窘迫而对未来充满了恐慌和不安，难以享受片刻的安宁。

　　幸福的女人活在当下，她们既不为过去所累，也不为未来而忧，只有拥有这种活在当下的积极心态，才能感受到幸福。

　　　　小贝已经从事护士工作五年了。在医院里，每天都有很多的病人需要照顾。病人的苦楚和病人家属的担心、焦虑，她都看在眼里。作为一名护士在这样的工作环境下，只能送上关心，丝毫不可以流露自己的情绪波动。

　　　　在这样极度压抑的场所，这里的工作人员都处于一种紧张的状态。每天，小贝跑上跑下，为病人输液、量体温……

在小贝心中她是幸福的，因为她是一名护士。她用自己的双手解除病人的苦痛，这是一件快乐的事。"白衣天使"作为人们给予他们的最高评价温暖着他们的心。

每到下班，小贝就像是回到大自然的快乐小鸟，心情放松了下来。她为家人准备美味可口的饭菜，一家人说说笑笑很是温馨。她总把工作上的不快丢在家门外，因为她知道家是休息的地方，是温暖幸福的地方。

她把工作和生活分开，总是有条不紊地安排着忙碌的工作和生活。她觉得这就是她想要的生活。

刚刚好的女人分得清工作和生活。 她们懂得将工作适时调节就不会太累的道理。 幸福就像花开一样，不会早一步，也不会晚一步。 花朵响应着大自然的号召开在当下，幸福感也存在于当下。 幸福是一个很笼统的概念，从小处着眼幸福就是一种感觉。 这种微妙的幸福感只有自己可以主宰。

活在当下的女人，不管身处何地都是幸福的。 她们的心中充满了温暖，满足于现实的工作和生活。 对于她们来说，一切顺其自然发生的事情，都是值得庆幸和回味的……

只有忘记过去，才会活得更精彩

　　高山上有一只泉眼，传说无论是人还是动物，只要喝了泉眼里流出的水，便能够得到神的赐福，消灾除病。不过，这也只是传说，还从未有实例证明过。

　　一天，一只腿受伤的狼来到泉边，希望得到神的赐福。它刚刚路过草地的时候，被猎人下的夹套夹住了，为了脱身它咬断了自己的伤腿。正当它准备喝水的时候，一只麻雀飞了过来，同情地问："狼大哥，难道你真的想要神灵再赐予你一条腿吗？"

　　狼摇了摇头说："不！我不盼望上天赐予我一条腿，我只是希望上天能够告诉我，失去一条腿之后我怎么才能活下去！"

时光不会停息，因此女人要学会忘记过去的伤痛和遗憾，用心去迎接美好的未来。 如果反复咀嚼生命中的那一点儿痛苦，只知道沉浸在痛苦的回忆中，那么错失的不仅仅是现在，还有未来。 狼是聪明的，也是现实的，它知道神不能够让它重新长出一条腿，也不可能让时间倒退，改变已经发生的一切。因此，狼没有抱怨命运悲惨，也没有因为失去一条腿而陷入痛苦和遗憾中不能自拔，它想的只有未来该怎样活下去。

　　活在世上就难免会经历一些痛苦，这部生命交响曲悲喜交加。 在爱情的领域里，女人永远都是执着的，这也意味着当爱情之神远去时，她们的痛苦会加倍。 她们可能会被一次失败的感情改变了对爱的看法，不再相信爱情；也许会因为一个离开的他而拒绝任何人踏进自己的世界。 可是，活在过去却不能换回什么。 沉浸于回忆，拒绝新的开始就能幸福吗？

　　为了忘记那段破碎的感情，几个月前，琳达离开了上海，自己一人去了纽约。对于琳达而言，上海是一个触景伤情的城市，每条街道好像都充斥着一个挥之不去的身影，空气里也弥漫着她与他的悲剧。

　　可是，纽约的生活并没有让琳达变得快乐。在这个陌生的国度，没有亲人、朋友，没有依靠，这里的一切对于琳达来说都是陌生的，只有一颗心还载满着曾经的故事。北风吹着她的披肩和鬓发，她感到自己如此的冷，如此的孤寂。忙碌的工作、烦琐的事务令她感到疲倦，却又无法在夜里安然入眠。

　　直到有一天，琳达病倒了。躺在病床上的琳达第一次感到了绝望。她本以为安静离开就可以让自己避免伤害，重新找到生活的乐趣，可是现在她发现生活变得比过去更加糟糕。这一场病让琳达醒悟了：她来到纽约虽逃离了伤感的故地，但她的心却依然停留在过去，因此她的痛苦一点也没有减少。

　　想通了这一切，琳达痊愈之后又回到了上海。她的心情变了，上海不再意味着伤感，这座现代化的城市在琳达眼里又表现出了繁华的魅力，外滩的夜景又让她感到亲切和美好。琳达终于明白，只要心里放下了过去，无论人在哪里都可以重新开始。

琳达是个淡定的女人，即使最初她陷入了情感的沼泽中，但最终她还是明白了女人要幸福就该学会忘记。在生命的长河中难免会留下遗憾，但是我们的心承载不了太多的过去，如果总让自己停留在过去的阴影里，只会苦了自己。如果你还在为失去的人而痛苦，那请像琳达一样，忘记过去的伤痛吧。既然事已至此，那么伤痛的记忆就与现在的一切无关。忘记他对自己的伤害，忘记感情的背叛，忘记曾有过的被欺骗的愤怒、被羞辱的耻辱，你就能够发现自己的心境豁然开朗，幸福已经紧握在自己的手中了。

乐由心起

　　有一对夫妇家庭环境非常不好，为了给家里换点有用的东西，他们决定将家里的一匹马拉到集市上去卖。

　　到了集市之后，老头先用这匹马换了头母牛，又用母牛换了山羊，随后用山羊换了只兔子，又把兔子换成了母鸡，最后他用母鸡换了一筐烂苹果。每次，他与人换东西的时候，都想象着老伴儿脸上惊喜的表情。

　　于是，老头拿着一筐烂苹果走在街上。途中，他遇到了一个富人。富人听他讲述了事情的经过，嘲笑他说："你回家后肯定会挨你老婆的骂。"老头声称肯定不会。富人表示自己一点儿也不相信，说愿意用一根金条和他打赌。于是，富人跟在老头后面回家去了。

　　老太婆开心地迎接回家的老头。她耐心地听着老头讲述赶集的经过，每听到老头用一件东西换了另外一件东西的时候，老太婆脸上的兴奋便难以掩饰，她不时地说："是吗？我们可以喝牛奶呢！""山羊也不错，以后能喝羊奶。""兔子的毛多漂亮啊！""有了母鸡以后我们就可以吃到鸡蛋了！"最后，当老头告诉她用母鸡换了一筐烂苹果的时候，老太婆依然很开心，她说："我现在就去准备，做些苹果酱给今晚加餐！"

　　这情形明显是富人输了，富人只得给了老头一根金条。

刚刚好的女人不会只看到不好的一面儿，她们会高兴地找出办法来弥补。故事中的老太太，始终用豁达的心情去看待得失，不管生活怎么样都面带微笑去面对，最终她用自己的乐观赢了富人的一根金条，得到了比自己失去的还要多的东西。所以，女人在生活中也该学会不为失去的东西而惋惜，更不要把精力浪费在失去的东西上。如果有一袋烂苹果，那就做一些苹果酱；如果有一颗柠檬，那就做一杯柠檬汁。只要有一颗快乐的心，那么这个世界上就没有不快乐的事儿。

曾经有一个女人觉得自己的鼻子长得很难看，为此她一直很自卑。对于她喜欢的异性，一直都不敢表白。有一天，她决定去做整容手术，手术很成功，她一改往日的不自信，变得开朗了许多，每天都把自己打扮得漂漂亮亮，有许多男士都邀请她出去玩。终于有一天，她遇到了自己理想的对象，并且步入了婚姻的殿堂。

婚后，她诚实地把自己整过容的事情告诉了丈夫，可她没想到丈夫根本就没有在意她的鼻子。于是，她追问丈夫："我们刚认识的时候你对我不理不睬的，为什么在我动过手术之后，你才向我表达你的好感呢？"

丈夫告诉她："从前的你没有一颗舒展开的心，谁敢和你接触呀？后来，你突然变得开朗了，也让人感到容易亲近，这样我才有勇气向你靠近啊。"

女人一直认为是自己的鼻子不好看所以才交不到男朋友，可事实告诉她，别人根本就没有注意到她鼻子的缺陷。她的不快乐与不幸福，并不是鼻子的不漂亮引起的，最重要的是她没有从内心发掘快乐。 有些女人，即便拥有了事业、地位、亲情、爱情、美丽，她也不快乐，这是因为她心中装了太多的东西，但是她不愿意放弃任何东西，让快乐的领域被太多无谓的东西占据。 很多时候，不放过自己的正是自己啊。

丹彤不仅学习好而且长得也漂亮，毕业后便进入一家知名的房地产公司做售楼小姐。当时，人们买房的热情高涨，丹彤的销售业绩很高，工作还没满半年，就有了自己的房子，而这时候与她一起毕业的同学仍租房住。在别人眼中，丹彤是幸运的，抓住了好的机会，能力也不错，她理应过得非常快乐，但事情的真实情况并不是这样。

她现在工作的这家公司，新楼盘马上就要卖完，目前没有再建的打算，丹彤不知道自己该何去何从；虽然有了房子但是还没有自己的车；户头上有100万，但距离1000万又是那么遥远。她经常在朋友们面前唠叨："我觉得我都要被压力压出病来了，我该怎么办呀？"朋友们的生活远不如她，所以在她们眼里，丹彤就像是故意做出这种行为似的。

丹彤每天因为各种各样的事情烦恼着，不是股票跌了，就是贷款利息上调了，要么就是家里人催她结婚……她好像真的有那么多烦心事。除了快乐，她的生活中样样都有。

我们似乎没有什么资格去评述丹彤这样的女人，毕竟生活中多数女人的生活境遇并不如她。她们每天辛勤地工作，没有自己的房子，户头上的存款也只有那么一点点，但她们也没有丹彤那么多的欲望，她们懂得知足。或许，她们并不富有，但她们活得快乐。

　　没有不快乐的生活，只有不肯快乐的心。活在这个充满变数的世界里，女人要学会用阳光的心态面对生活。当困难来临的时候，相信"方法总比困难多"；面对不顺的事情，多反思自己的做事方法和做人原则，少一些悲观和绝望；如果突然发生了一些不测，化悲痛为力量，要知道自然规律不可违，要做的就是顺其自然地接受。

自找快乐的女人总会收获快乐

想要收获快乐，就要收起女人悲悲戚戚、哀哀怨怨的习惯。 在这个世界上最快乐的人不是那些生下来就富有的人，也不是那些天生就聪明的人，而是懂得自己去寻找快乐、自娱自乐、苦中作乐的人。

五年前，一场意外夺去了李青丈夫的生命。从此以后，她像很多同样遭遇的人一样，一直备受"寂寞"之苦。

她丈夫去世一个月后的一天晚上，她问朋友："我该怎么办？我怎么才能再快乐起来？"

她的焦虑源于她的个人悲剧，她应该及时脱掉忧伤的外衣。朋友试着向她说明，并建议她及早从以往的灰烬中建立起新的生活、新的快乐。

她回答道："不，我现在已经不年轻了，而且孩子们都已经有了自己的家庭。我不相信我能再快乐起来，因为我觉得自己以后没有地方可去。"

这个可怜的母亲得了要命的自怜症，并且对治疗这种病的方法一窍不通。

"当然，"有一次朋友对她说，"你可以重建新生活、结交新朋友并培养新兴趣，以此取代过去的一切。你总不会认为自己是个需要别人同情的可怜人吧？"

由于过于自怜，她听后并没有什么反应。最后，她决定搬进已结婚的女儿家里，让子女为她的快乐负责。

在一次相互辱骂之后，母女反目成仇，这是一次悲痛的经历。她又搬进了儿子家，但也好不到哪里去。

有一天下午，她哭哭啼啼地说，她的家人都不要她了，最后她的子女给了她一套公寓让她自己住。

虽然她已经 61 岁了，但在感情上，她仍然是个小孩子。殊不知，一旦她期望全世界的人都可怜她，她就永远也不会得到快乐了，因为她已变成一个令人生厌的自私女人了。

爱和友情是不会像礼物一样包装得漂漂亮亮地送到自己手上的。一个人需要努力让别人喜欢，但却不能将爱、友情和美好时光当作合同来签订。

很多快乐的夫妇乘坐一艘在地中海碧波中航行的客轮度假，船上还有一些热恋中的年轻人。欢乐的游客之中，有一位 60 多岁、一人独旅的、笑容满面的女人。

她，同样失去了丈夫，曾经也非常悲伤。但是有一天早上醒来，她将悲伤的外衣丢掉，投身新生活之中，这是她在丈夫去世后第一次掌握了快乐的窍门，也是她从沉思中得出的想法。丈夫一直是她的全部，但现在都已经成为过去了。她曾经爱好画画，现在画画已经成为生活中不可或缺的事情了。画画陪她度过了最难过的日子，而且在事业上给了她最大的补偿。

她不愿抛头露面且羞于见人，因为长久以来，她的丈夫是她生活的支柱。她既没有好看的外表，也没有钱。她在迷茫中不知道自己该去干些什么，更不知道有哪些人会接受她，并且喜欢和她为伴。她必须让自己被他人接受，她要自己去付出，而不是指望别人的付出，她终于明白了。

不久，朋友们就都争相邀请她去参加晚宴了，而且她还应邀到社区活动中心开画展。她擦干眼泪换上微笑；她忙着画画；她去拜访老朋友，提醒自己表现出快乐的样子；她谈笑风生，从不在朋友家停留过久。

她在几个月后再次登上了地中海这艘客轮。很明显，她是这艘船上最受欢迎的游客，她对待每一个人都很友好，不会伤害到任何人。在一天晚上轮船靠岸的时候，从她的舱房里举行的聚会中传出了阵阵欢快的笑声，她用谦逊的方式回报旅程中所有的人。

此后，她已经知道如果想要得到别人的友情，就必须关心生活和奉献自己。这位女士又做了几次这样的旅行，不管走到哪里，她都能创造出友好的气氛，很受大家欢迎。

任何时候，女人都有争取快乐的权利，除了自己，谁也无法剥夺。快乐永远属于自找快乐的女人，刚刚好的女人应该学会好好使用这项珍贵的权利，尽情享受生活的快乐。

懂得知足的女人是聪明的

懂得知足，并不是要放弃梦想；懂得知足，也并不是要停止奋斗。真正的知足，是懂得尝试放下人性的贪念，付出多少，就期盼多少回报。

《老子》里说："罪莫大于可欲，祸莫大于不知足，咎莫大于欲得。故知足之足，常足。"这句话的意思是说，最大的罪恶莫过于放纵欲望，最大的祸患莫过于不懂满足，最大的过失莫过于贪得无厌，所以懂得满足的人永远是快乐而幸福的。

知足常乐，是一种理念，更是一种态度。然而对满心贪欲的人来说，如何来遏制自己的贪念是人生路上最大的难题。能够正视自己的得与失，珍惜所得，看淡失去，才能得到一份清高雅洁、悠然自得的生活。

或许女人所得到的并不是最好的，或许自己也根本无法获得，或许周围的人比自己富有，或许身边的人比自己运气好。但这些都不是最重要的，因为最重要的还是如何看待自己当时所处的环境和生活状态，看能否意识到自己优于别人的特质，看是否懂得满足自己现已拥有的。哪怕那只是一件普通的衣服，一顿刚够吃饱的饭，一间仅能安身的屋子，或者一份辛苦却安稳的工作等等。虽然在很多人眼中，这些也只不过是最基本的生活保障，但也正是因为有了这些，我们才能毫无顾忌地去追求更多。

这是一位朋友的讲述。

曾经，我一度认为我身边的一个朋友太过安逸、没有任何志向。她终日守着朝九晚五的工作，工作不忙，同时收入也不高。可以说她每天的生活基本上就是家和公司的两点一线，没有任何饭局，没有娱乐，没有出游，同时也很少逛街。但有时她也会看看电视，听会儿歌，或者照应一下家里的亲戚朋友。可以说我无法确定她的生活目标，她似乎看起来并没有任何职业和人生规划，她也不想跳槽，也不曾想过改变自己目前的生活状态。就这样时间长了，她当然也没有什么烦恼，每天都是乐呵呵的。所以，每当我在为各种事情感到疲惫和烦躁时，就会想起她那种简单的快乐，而且也明白她所选择的那种生活方式并没有什么不好。之前，我埋怨她不愿改变时，她就说："我家虽然并不富裕，但生活也还算得上安稳，与别人相比并不缺吃少穿，有时我也能够买自己喜欢的东西，从中获得快乐。而在工作方面，由于家中并没有连带关系，不能帮我，所以我就自己找了现在这个工作，尽管薪水不高，但是作为一名老员工可以得到一些照顾。我觉得，这样的生活更加适合我。"

找到自己想要的并适合自己的，这便是人生的智慧。在懂得知足之前，先不要说自己的心有多么大、多么广阔，因为若不懂得收敛和掌控，那么这份心境会将人带入无尽的深渊。其实人生所能拥有的东西是有限的，因为所能付出的也是有限的。不要说心有多大就可以拥有多少，你所能收获的最多也只能与付出的保持平衡罢了。若总是贪得无厌，那就很可能最后什么也得不到。

有这样一个关于小孩的故事：

　　一个小女孩为丢失的玩具而感到伤心，身边的朋友看不过去，于是就把自己的玩具让给了她。可是，她不但没有因此而忘记之前的伤痛，反而更加难过。她的朋友甚感不解，于是便问她到底是怎么一回事。她说："假如我没有丢失原先的玩具，那我现在就可以拥有两个玩具了。"听完后，她的朋友立刻反驳道："若你没有弄丢玩具，我也就不可能把我的让给你，你可真是太贪心了。"说完，她的朋友便收回了送出去的玩具，转身离开了。

其实，成年人也会有相似的想法。当我们因失去一件东西而得到另一件东西的时候，总会想，若当初不曾失去那件东西，那么现在自己就会拥有更多。可是却从未意识到若不曾失去，又哪会有收获。所以即使没有对获得的东西抱有感恩的态度，但至少也要明白这些是因失去才得到的。就像人们常说的那样，旧的不去新的不来。所以，只有旧的离去，才可为新的提供空间和机会。若既想拥有新的，又不舍得旧的，就很可能会像那位贪心的小女孩那样，最后落得两手空空，什么也得不到。

一位女作家曾这样说："随着年龄的增长，我认为我的人生观也会有所不同。我越来越宽容，也越来越柔软。也许是因为生命里经历了太多的喜怒哀乐，也看多了各种悲欢离合，这使我感触良多，同时也使我越来越相信人生重要的只有快乐。"而这也是一个历经世事女人应有的生活态度，只有放弃了那些华而不实的追求和那些喧嚣的名利，才能够让自己生活得更加安稳、平和、快乐。 这是经历岁月洗涤的人才明白的道理，对女人来说有很大启示。 前人走过的路是可以留给后人借鉴的，女人不要等到自己经受了挫折和痛苦后，才领悟到生活的本质。

人生中的知足并不影响女人努力前行的步伐，相反，坎坷的道路正需要这种自我解脱的心境来保持一种平衡心态。 因此知足的人能够在乐观中保持平和的态度，在冷静中学会洞察世事，在顺其自然中能够看准时机，在喧嚣中懂得认清自己。 刚刚好的女人必定懂得知足常乐，只有放下一时的贪心，才能得到更多幸福。

过度追求完美是在为难自己

一位老和尚想从两个徒弟中选一个做衣钵传人。一天，老和尚对徒弟说，你们出去给我拣一片最完美的树叶。两个徒弟遵命而去。时间不久，大徒弟回来了，递给师傅一片并不漂亮的树叶，对师傅说，这片树叶虽然并不完美，但它是我看到的最完整的树叶。二徒弟在外面转了半天，最终却空手而归，他对师傅说，我见到了很多很多的树叶，但怎么也挑不出一片最完美的……最后，老和尚把衣钵传给了大徒弟。

"拣一片最完美的树叶"，人们的初衷总是美好的，但是如果不切合实际地一味找下去，最终往往只会吃尽苦头，直到这一天你才会明白：为了寻求一片最完美的树叶，而失去许多机会是多么的得不偿失。况且人生中最完美的树叶又有多少呢？世间的许多悲剧，正是因为一些人热衷于追求虚无缥缈的最完美的树叶，而忽视平淡的生活，其实平淡中往往也蕴含着许多伟大与神奇，关键是你以什么样的态度去面对它。

很多时候，我们的不快乐是来自于对"完美"的追求。由于刻意追求完美，我们不能容忍缺陷的存在，结果，经常一点小小的缺陷，就可能遮蔽住我们审美的眼睛，使我们的目光滞留在缺陷上，而忽略了周围其他的美好之处，以至于沉浸在自怨自艾之中。

人们有的追求工作上的完美，永远只能第一，不能第二；有的追求人际关系上的完美，希望所有的人都能喜爱自己，容不得别人对自己有半点不满，也容不得别人有闪失和错误；有的则追求生活上的完美，无论吃饭、穿衣，每个细节都要做到最好……

可以说，一味追求完美境界的人往往既是自我嫌弃的高手，也是挑剔别人的专家。 当自己不能达到理想中的完美高度时，他们很容易作茧自缚，自暴自弃；当别人没有自己所期望的那样完美时，他们便心怀不满和怨恨。 他们在精神和感情上只能享用"纯净水"，但是却忽视了一点：水至纯则无鱼。 问题并不在于这些对自己、对他人的挑剔是否有根有据，而在于为这种挑剔花费了多少心血、消耗了多少能量却并没有改变什么。 所以，完美主义一旦变成对现实的苛求，立刻就成为人们烦恼的根源。

有关心理学研究证明，追求完美会给人带来莫大的焦虑、沮丧和压抑。 事情刚开始，他们在担心着失败，生怕干得不够漂亮而辗转不安，这就妨碍了他们全力以赴去取得成功。 而一旦遭到失败，他们就会异常灰心，想尽快从失败的境遇中逃避开去。 他们没有从失败中获取任何教训，而只是想方设法让自己避免尴尬的场面。

很显然，背负着如此沉重的精神包袱，不用说在事业上谋求成功，而且在自尊心、家庭问题、人际关系等方面，也不可能取得满意的效果。 他们抱着一种不正确和不合逻辑的态度对待生活和工作，永远无法让自己感到满足，每天都在焦灼不安中度日。

有时，我们总是在尽力做好每一件事情，却往往得不到别人的认可，或者不能取得成功。 为此，就会十分苦恼。 其实，与其越做越糟，不如洒脱地放弃。 我们的前面总是会有更好的风景在等待着我们去欣赏，何必为眼前的这点儿黯淡境遇而延误生命的美丽呢?

只要你做好应该做的事情，就是值得称赞的。 在生命结束的时候，一个人如能问心无愧地说："我已经尽了最大的努力。"那么他就此生无悔了。

"金无足赤，人无完人"，我们都应该认识到自己的不完美。 全世界最出色的足球选手，10 次传球，也有 4 次失误；最出色的篮球选手，投篮的命中率，也只有五成；最精明的股票投资专家，买股票也有马失前蹄的时候。 既然连最优秀的人做自己最擅长的事都不能尽善尽美，我们的失误肯定更多。 这就是说，我们绝不可能使每个人都满意。 每个人都会有他个人的感觉，都会根据自己的想法来看待世界。 所以，不要试图让所有的人都对你满意，否则你将永远也得不到快乐。

在一个人的生活圈中，起码有一半的人不赞成你所说的事情。 因此，无论你什么时候发表意见，也总是要面对一些反对意见。

明白了这一道理后，当有人不同意你所说的某些事情时，你不要觉得自己受到了伤害，也不要立即改变你的意见以便赢得赞誉之词；相反，你应该提醒自己，没有人会是十全十美得让每个人都满意的。 如果你知道了这一点，也就知道了走出烦恼的捷径。

现在许多人的通病就是不了解自己。 他们往往在还没有衡量清楚自己的能力、兴趣之前，便一头栽在一个好高骛远的目标里，每天享受着辛苦和疲惫的折磨。 他们希望获得他人的掌声和赞美，博得别人的羡慕。 为此，便将自己推向完美的边界，做什么事都要尽善尽美。久而久之，他们的生活就变成了负担和苦闷，而不是充实和享受了。

如果你是一个追求完美的人，那么你这种求全责备的生活态度必将无形中给你和周围的人在生活上增加许多无法忍受的负担。一个真正的奋斗者会有一个明确的目标，并为之努力，最终达到这个目标。奋斗者严格要求自己，希望自己更趋完善，他能从工作中获得满足。一项工作结束后，他就能抛开这里所有的一切，把注意力全部转移到其他事情上去。而那些爱挑剔、追求过分完美的人，却希望事事立竿见影，在一些小细节上钻牛角尖，些许的差错也会令他耿耿于怀，满心怨气。既然他的要求从一开始就不切实际，那么他就永远不可能满足自己，从而导致错误的不断发生。于是，不得不在别人面前掩饰自己的过失。由于过分挑剔，他不断把责任推卸给别人，把自己造成的一系列问题归咎于他人的"不善"。

这些完美主义者的生活是这样的："别在地毯上行走，今天早上刚打扫过。"他们一遇到什么不顺心的事，就容易大动肝火，往往为一些鸡毛蒜皮的小事纠缠不休，结果最后什么也没干成。如果你在一些琐碎小事上过分纠缠不清，对自己和别人过分苛求，那么你就该先想明白这世上没有尽善尽美的生活，也没有极乐天堂。当你能够原谅自己和他人错误的时候，不愉快就会随之消失，快乐就会填满你的整个生活空间。

追求完美是一种崇高的精神追求，但是过分追求容易让你在生活上走入死胡同，从而导致情绪的失控、生活的紊乱。放弃完美，让自己的生活随意一些，你会发现，这个世界到处充满着欢乐。

感恩的女人是明亮的

在洛杉矶的一个大家庭里，三个黑人孩子一大早便在餐桌上埋头写着什么。其实这三个认真的孩子并不是在完成学校的作业，而是在写每天必写的感恩信。

他们每个人都写了很多，大致内容是："路边的花开得真漂亮""昨天的天气真好""昨天妈妈讲的故事很有意思"等等这样类似的句子。

虽然这些看起来非常简单，但却能让孩子们的心变得简单而又单纯。

虽然孩子们记录的并不是一些大事件，但是他们却知道感恩发生在身边的每一个微小的事情，从而让自己幼小的心灵学会感知幸福。所以说，若孩子们能够保持这样的一种心境，怎么会得不到幸福呢？即使他们的生活很平凡，也同样能体会到世上最温暖的幸福。

感恩是一种生活态度，是一种善于发现和欣赏蕴藏在生活细节中的美的独特态度。其实就像这些孩子们一样，感恩的心会让一个人变得更为平和。拥有了平和的心，自然就能感受世间更多的美好和幸福。所以，想做一个优雅淡定的女人，就要拥有一颗感恩的心。

有的女人说："我的心每天都被烦琐的事务充斥着，根本没有时间和心思去发现那些小事。"其实感恩的心并不是人类与生俱来的，感恩的心是可以培养的。 如果女人想要拥有美好幸福的生活，首先就要学会去培养一颗感恩的心。 当女人还在想"我还需要什么"时，就尝试着换为"我现在已经拥有什么"，并学会思考"我所拥有的是从哪来的"。 那么，这时你会发现，其实你早已是一个大富翁，是一个拥有一切的幸福女人。

杨丹和何渺是同一批被招进公司的员工，而且她们学的也是同一专业，能力还不相上下。可是，三个月的试用期过后，带给她们的却是一去一留的结果。

杨丹进入公司时，对于任何事都怀着一颗感恩的心，而且无论给她安排什么任务，她都乐于接受。有一次，同事对杨丹说："杨丹，经理是不是故意整你的，怎么派给你这样一个任务呀？很明显就是在难为你嘛！"杨丹却说："我就把这当作对自己的考验了，况且这也能让我对工作快点上手啊。"

甚至有时当别人指出她工作中的错误时，她也会高兴得像得到表扬一样。一次，刘姐指出杨丹企划书中的不足，杨丹听后十分感动，还当着全办公室人的面表示对刘姐的感谢。最后，她还坚持要请刘姐吃饭，说："只有这样才能表达自己的感激之情。"

那次周末，杨丹得知该轮到刘姐值班的消息后，她就主动提出要替刘姐值班，并对刘姐说："你可以在周末好好陪陪孩子。反正我周末也没事，就权当是给自己找一个事做了。"

公司里的人都非常喜欢杨丹，在工作中也都愿意主动帮助她。杨丹在工作上勤奋好学，所以很快就熟悉了很多工作上的事务。

然而何渺与杨丹很不一样，她总是一副自以为是的样子。即使有人帮助了她，她也觉得这并不是一件多么了不起的大事，甚至会认为这是理所当然。于是时间久了，大家也就不愿意再主动帮助她。这样一来，何渺在工作上的进展很慢，而且也没有团队合作精神，最终被公司辞退了。

由于杨丹和何渺对待生活的态度不同，所以最后也产生了两种截然不同的结果。这虽然只是一份工作，但谁又能保证以后自己只经历这么一件事情呢？在未来的生活中，何渺还要经历其他的工作，同时还要经历爱情、经历家庭的生活等等。所以若没有感恩的心态，她又如何能感受得到生活中的美，又如何能感受生活带来的幸福呢？

而杨丹就不同了，杨丹的态度不仅让她得到了别人的喜爱和尊敬，而且还从工作中找到了自己的乐趣。所以说拥有了感恩的心态，无论以后面临怎样的生活，她都会用感恩的心去感谢生活赐予她的美好，而这样的她也一定是无比的幸福。

懂得感恩的女人是知足的。她们满足于当下的生活，满足于她们所拥有的一切。知足的人是快乐的，他们把每一天都当成生命赐予自己最好的礼物，并且也用最好的心情和最好的状态去面对每一天。

懂得感恩的女人也懂得珍惜。因为她们懂得珍惜眼前人，珍惜身边人，并且把他们当成上帝派来的天使，当作陪伴自己共同感受生命岁月的知己。 人与人的相遇都是一段难得的缘分，懂得感恩的女人会把身边的每一个人都当成一颗珍珠，然后深深地珍藏在自己心中。 有时会在某一个阳光午后，或在某一个寂静的深夜，她会不经意地细数这一颗颗珍珠。 而此时，她会觉得自己是如此幸福。

也许在最初的时候，每个女孩都敏感地感受着花开花落的情境，并为此悲伤或为彼伤神。 她们用这种方式来体验着共同生活的世界，希望用心记住每一天。 其实在每一天的成长中，她们在失去的同时也在不断地收获，在迷茫的同时也在困惑，不知道生活的真相到底是什么，或者想知道生活是不是总喜欢戴着面具来给她们上演一场场恶作剧。 终于有一天，这些女孩变成了成熟的女人。 她们揭开了生活的面具，而那时才发现原来恶作剧只不过是一场玩笑，只是当时并不懂得去放肆地大笑。 而如今，她们成熟了，也淡定了许多，并且也开始明白了生活所赐予她们的一切都是那么难能可贵，无论是难过还是开心，都是生活的点缀。 于是她们也开始感恩所拥有的一切，开始用简单而淳朴的心感受这美好的一切，不求深刻，只求这持久的幸福，感恩让一个女人变得明亮。 假如你此刻还没有发现路旁的野草也是如此美丽的话，那么从今天开始，努力去培养一颗感恩的心吧！

女人要学会对自己宽容

当女人学会了宽容自己，也就解放了自己。 当女人能轻松地度过每一天，幸福就已经开始向自己招手了。

曾经有一个因无法宽恕自己而终生不幸的女人。有一年夏天，小燕前往村前的小河里洗衣服，由于家里很忙，没人帮她照看小孩，于是便把刚刚会爬的儿子也带了去，并让他在离河边不远的草地上玩耍。也许当时是她太专注手里的活计，当孩子爬到河边时，她还没来得及发觉。而最后她洗完衣服再去寻找孩子的时候，孩子跌入水中已有一个小时。可以说儿子的意外死亡对她打击很大，而她始终也不能消除对自己"失职"的愤恨。就这样日久积怨，最后成了鲁迅笔下祥林嫂一样的悲剧人物。

从这个故事可以看出，一个女人若不能宽恕自己，那么她就无法得到幸福。 而在她惩罚自己的那一刻，同时也是在惩罚着自己的亲人，以及爱着她的朋友。 其实过去的事情已经成为过去，无论再怎么伤心也都于事无补。 所以为什么不能宽恕过去的错误，以一种崭新的姿态重新面对生活呢？ 宽恕了自己，就可以从阴霾中走出去，继续看风轻云淡，看天高水远。

有一位虔诚的女信徒，每天她都会从家中带来一些鲜花来到寺院供佛。然而，她却总为做过的事后悔不已，甚至经常会感觉到自己一无是处，心情也烦躁不已，并常常因此愁闷不堪。

这天，当她把鲜花送到佛殿时，正好遇到著名的无德禅师，她便对禅师说："我每次送花供佛时，就感到心灵像清泉洗涤过一般清凉。但是一回到家中，心情却又乱如丝麻了。真希望能够有机会像你们那样在禅院过一段晨钟暮鼓、修身养性的宁静生活，那对于我来说就是最大的幸福。"无德禅师听后一言不发，只是把她领到一座禅房中，然后便将其锁入房内。

妇人不明白这是怎么一回事，于是气得用力踹门，随后又连骂带吵。骂了许久，无德禅师也没有理会她。于是妇人又开始哀求，无德禅师仍置若罔闻。

最后，等妇人终于沉默后，无德禅师便来到门外，问："你刚不是说要来禅院寻找幸福吗？那既然现在已身在禅院，为何还这般后悔？"妇人说："其实我是在骂我自己怎么会要到这种地方来寻找幸福。所以，我现在感到十分后悔，真是觉得自己无可救药，竟然犯这样的错误。"

无德禅师听后说："你现在连自己都无法原谅，说明你此刻还未达到心静如水的境界。"说完正准备拂袖而去，这时妇人急忙说道："我现在确实不生气了。"

无德禅师问："这又是为何？"妇人说："因为再怎么生气也没有办法呀。"

"如此看来，你并非是真不生气，而是把情绪积压在心里，但这样爆发后将会更加剧烈。"无德禅师说完便离开了。

　　在无德禅师第二次来到门前时，妇人告诉他说："我这次真的想通了，因为这确实不值得如此生气。"

　　"这时竟还在想值不值得，可见你心中对此还有衡量，所以还是存有气根。"无德禅师笑着反问她："你常以鲜花献佛，想必也一定知道如何使花朵保持鲜艳吧?"妇人骄傲地回答道："保持花朵新鲜的方法，其实就是每天更换用水，并且在更换水时剪去腐烂的花梗。因为这截花梗不易吸收水分，而且花朵也容易凋谢。"

　　无德禅师道："这就对了。其实心灵就好比一朵花，它生活的环境就像花瓶里的水。若要保持一颗清净而纯洁的心，唯有不停地及时清除那些腐烂且影响我们身心变化的杂念，只有原谅了自己，才能过上开心幸福的日子。若真做到那样的话，你的身体便是寺庙，脉搏便是钟鼓，两耳便是菩提，而心中自然会存有一片清净的绿地。所以，你不必到寺院中去寻找那份渴望得到的幸福。否则，即使你身在寺庙也无法享受幸福。"

女人应该在名利面前淡定如菊

一个年轻人问老者："怎样才能成功地攀登到梦想的山巅?"老者安详地微笑,从地上捡起一张纸,叠成小船,缓缓地放进河中。小船不喧哗,不急躁,借着水流一声不吭地驶向远方。途中鲜花向它招手,它也不为所动,默默前行。

老者说:"人的一生诱惑太多,金钱、美色、地位、名誉……我们虽确定了奋斗目标,但途中会因为金钱的诱惑停住脚步,会因贪恋美色而沉沦,会因攫取地位而毁灭,会因渴求名誉而浮躁。所以,很难像小船一样不被诱惑困扰,向着既定的目标不断前行,这就是有些人做事半途而废的原因。"年轻人恍然大悟,收拾好行囊,迎着风,向山顶爬去。

那个年轻人在追逐梦想的途中,果真遇到了金钱、美色、权势等的诱惑,但他不为所动,终于爬到了山的顶峰,成功地实现了自己的梦想。

我们既然无法改变这个纷繁复杂、物欲横流的社会,就必须让自己的内心拥有一份平和安静。唯有淡定,我们才能让自己的内心安静下来,才能慢慢感受到生活的滋味。

有一个女孩儿,她的妈妈每周都为农场主的小旅店做代洗衣物的工作,报酬仅五美元。一个周六的晚上,女孩儿像往常一样替妈妈去小旅店领钱。

农场主手里拿着打开的钱包，里头装着满满的钞票。女孩直直地看着那叠钞票，农场主没有像平常那样训斥她，而是立即从里面抽出一张给了她。

她急忙走出旅店，赶着回家，路上她停下来用别针把钱小心地别在围巾的皱缝里。这时，她发现农场主给她的钞票有两张，多了一张。

"这是我的，全是我的。"她为自己的意外收获而开心不已。她心里想："我要给妈妈买一件新的斗篷，妈妈那件旧的可以留给姐姐穿，这样姐姐明年冬天就可以穿上新衣服了，也许我还能给弟弟买双鞋子。"

她笑着，跳着，往家里赶，耳边却响起妈妈的话："你想人家怎样待你，你就要以什么样的方式待人。"

她的心里开始犹豫不安，这无疑是一个极大的诱惑。她在这条路上来回地跑，试图让自己平静下来。

她用尽全力遏制心底那个肮脏的想法，把多出来的钱还了回去。就这样，女孩一直坚持原则，面对诱惑保持淡定，收获了许多人期盼羡慕的成功。她，就是美国亿贝公司前首席执行官梅格·惠特曼。

诱惑是难以抗拒的。面对诱惑，有的人能够淡然处之，做出常人不能做的决定，有的人却成了诱惑的俘虏；有的人能够守住精神的底线，有的人却违背了道德的束缚；有的人能够参悟人生的真谛，有的人却在地狱的深渊里不能自拔。

车尔尼雪夫斯基说："生活只有在平淡无味的人看来才是空虚而平淡无味的。"当尘埃落定，所有的激情都会变成平静，生活、爱情和人生终会回归平凡和普通。就像一朵平实淡定的菊花开在如水般纯净透明的生命里，每一个花瓣都有着迷人馥郁的芬芳。

不畏浮云遮望眼，我们要以一种安然平静的心情去面对诱惑，耐得住寂寞，守得住清贫。淡然是一般人不能企及的人生态度，指引我们穿越人生的荆棘去看那清明如镜的湖水。

她是个坚强独立的职业女性，但她却没有轰轰烈烈的爱情。她和男朋友从大学开始交往，十几年的时间缓缓而过。如今，就算是扔下一颗石子，也没有一丝激情和波澜。她感受不到学生时代那种激情荡漾轰轰烈烈的爱，又找不到分手的理由，索性维持着这份感情，将自己埋没在繁重的无止境的工作中。

她在工作中的杰出表现，吸引了另一个男人的目光，那就是她的上司。上司是个相貌平平、成熟世故而又大权在握的男人。上司因为娶了一位富二代妻子才有了现在的权势和地位。虽然他不是吃软饭的，但如果没有这桩婚姻，那么他仍然一无所有。

上司开始对她示好，总是找各种理由让她留下来加班。然后，上司便顺理成章地请她吃饭，还买来各种名贵的礼物，隐晦地告诉她如果接受自己的好意，可以获得更好的工作待遇，升职加薪都不成问题。在道德与名利诱惑之间，她十分犹豫，她完全明白这代表什么，所以她很久不能抉择。她的上司十分聪明，他看出她的动摇，于是先给她一点甜头。在她在事业上取得了前所未有的优异成绩和随之所带来的收获时，同事们都对她艳羡不已，她感觉自己好像达到了以前想都不敢想的制高点。于是，她踏出了第一步。

她对上司只是一种身体上的满足，她并不爱他，像是一种心照不宣的交易。上司得到了婚姻之外的激情，而她的职位也步步高升。而男友对这一切丝毫不知道，还是像以前一样关心爱护着她。她心里难免产生愧疚之情，所以和男朋友在一起的时候，她从来都是温柔顺从，用自己的温柔来补偿他。男朋友以为她是为了寻回两人曾经的美好感情，还为这一切而高兴着。她常常讨厌自己的功利，但她无法控制追求成功光环的脚步。

纸终究包不住火，上司的老婆跑到公司当着全公司人的面扇了她一耳光，并告诉她："你只不过是我丈夫众多玩物中的一个，他的一切都是我给的，你什么也得不到。"在其他人震惊的眼神中，她恨不得找个地缝钻进去。这一刻她才明白，她所做的一切都是自找的。

男朋友也从别人的口中听说了这件事，她以为他一定会和她分手。出乎意料的是，男朋友却平静地接受了一切，并反过来安慰她。他告诉她："人这一生要犯很多错误，走错了只要及时发现，回归正路就好，以前的我不够在意你内心的想法，让我们重新再来吧。"

她泪如雨下，她发现她曾经追求的名利地位都只是过眼云烟，能陪伴自己走过风雨的还是真爱。

追求名利是永无止境的，人总是想要更多的东西，就像掉进了一个无底洞。

每一次经历都是一个新的机会

下面，让我们来看一个很有意思的故事：

伊塔这几天一直坐在他的地边呆呆地看着已经成熟的土豆，他的邻居安第觉得很奇怪，就问他为什么不收土豆。伊塔说："我以后再也不用受累了，我的运气好极了。有一次我正要砍倒几棵大树，忽然来了一阵飓风帮我把大树刮断了。又有一次我正要收拾地里的杂草，而天空中一个闪电就帮我把杂草全烧光了。"

"噢，你的运气太好了，那你现在看着土豆在干什么呢？"安第问。

伊塔信心满怀地说："我在等一次地震帮我把成熟的土豆从土里面翻出来。"

这是和中国古代"守株待兔"一样的一个笑话。

这个笑话中的伊塔显然弄错了两件事：

第一件是以为他的好运会如太阳升起一样天天出现；

第二件就是认为那些好运气会自动找上门来。

其实，要想获得成功，绝对不能像伊塔那样坐等好运的降临，我们要明白好运气不会经常凭空而来，机会是要靠你自己去发掘创造的。

成功，有时确实要靠一些运气，但运气并不等同于机会，和机会相比，它更具有偶然性。有时，如果好运气来了，你躲也躲不掉的，但机会则不同，机会往往是需要靠自己去捕捉的，而非从天而降。

与男性相比，大部分女性通常更容易退缩，尤其是对于那些新鲜的工作，一般会表现得犹豫不决，因此而错过那些能够为自己带来成功的机会。而那些成功女性则总想不断地创造并努力抓住每一个能够表现自己的机会，她们懂得，新鲜的工作也许不能马上全部了解，但是却能够边做边学习，而且要在学习中充满信心地接受新的挑战，哪怕做错，也能获得一些新的经验。比如，当你的上司要给你升任部门主管的机会时，那些具有成功潜力的职场女性绝不会以"我没有当主管的经验"为理由而退缩。在职场中能否顺势而变，在机会中是否灵活应对，也是能否早日获得职场成功的关键条件之一。

好运需要自己努力，主动出击，在挑战中开拓前进并实现人生的价值。一旦发现可能使自己成功的机会就一定要全力以赴，坚持到底。只有这样，好运才能时时眷顾你。因为：

第一，主动出击是抓住机遇的最佳途径。生命中成功的机遇是珍贵的、稀缺的，甚至稍纵即逝，如果你能比具备同样条件的人更加主动，哪怕只是快一点点，也许那稍纵即逝的机遇就被你掌握了。

第二，"千里马"也应当寻找伯乐。世界上为什么总是"千里马"多而识马的伯乐少呢？那是因为伯乐在明处，而"千里马"则在暗处。即使伯乐再有眼力，他的精力、智慧和时间也是有限的，坐等伯乐的奖励可能会耽误你的一生。既然人人都知道"守株待兔"是愚蠢的举动，那么我们这些"千里马"为什么要坐守"雄才"而等待"伯乐"呢？

第三，时间不等人。时代在前进，一代新人换旧人，每个渴望淡定的女人都应该考虑到自己追求成功所付出的时间成本。错过一次机遇，成功也许就需要多等待几个月、几年甚至是一生。

明白了这些道理，就会让我们产生一种紧迫感，及时修改自己的处世态度，舍弃懒惰，在每次机会面前及时主动地出击。这样，就可以使成功离我们越来越近了。

即使是有才华的女人，也一定要选择主动进取，创造机会，而不是消极地等待好运的降临。

杨澜就是这样的一个女人。小时候，她和普通的学生并没有什么两样，甚至在进入大学之后，她依然有一些不自信，可这一切都没有影响到她成功的人生。也许有人说，实力最重要，但是有时机会往往比实力更加难能可贵。1990 年，杨澜在北京外国语大学英语系学习，在一次偶然的面试招聘机会中，她经过了七轮考试，从众多的应聘者中脱颖而出。她正是抓住了这次偶然的机会才彻底改变了自己之后的人生道路。

此后不久，杨澜就出现在了央视舞台上。她借助《正大综艺》这个平台展现了自己独特的魅力，正是这一段时间，使杨澜获得了很多人梦想中的高知名度和关注度。直到 1993 年年底，正大集团总裁谢国民来到北京，在一次聚会中，谢国民认为杨澜还具有很大的潜力，应该出国学习新的知识，更多地丰富自己、提高自己。对此，杨澜没有认真，甚至认为谢国民只是在和她开玩笑，而此时谢国民却表示愿意无偿地帮助她去美国留学深造。

正是这次聚会，正是谢国民的几句话，又一次改变了杨澜的人生轨迹。1994年，杨澜毅然辞去央视的工作，选择了出国留学之路。在美国留学期间，她利用业余时间与上海东方电视台联合制作了《杨澜视线》这一节目，杨澜第一次以她特有的眼光看待并解读这个世界。凭借合作四十集的《杨澜视线》，杨澜成功地从单一的娱乐节目主持人过渡到复合型传媒人才。回国后，由于无法再回到央视工作，1997年底，杨澜选择了加盟刚刚创办不久的香港凤凰卫视中文台。1998年1月，《杨澜工作室》在凤凰卫视正式开播，为了这个节目，两年时间里，杨澜一共采访了一百二十多位名人。这两年，杨澜通过与来自多个行业不同背景的名人交流，获得了极为丰富的信息量。两年后，杨澜已经有了质的飞跃。她拥有了世界级的知名度、丰富的传媒工作经验以及大量知名人士的关系资源，对她而言，要想进军商界，所欠缺的也许只不过是资本而已。

在退出凤凰卫视的工作之后，杨澜短暂沉寂了一段时间。2000年3月，她突然宣布收购香港良记集团，并将其正式更名为阳光文化网络电视控股有限公司。通过成功地借壳上市，这个公司为杨澜融资近2亿港元，杨澜希望利用资本市场打造出真正属于自己的传媒帝国。恰逢此时，传媒概念在资本市场上如日中天，阳光卫视也一路走高。但就在杨澜开始创业后不久，全球经济就发生了变迁，作为一家上市公司的管理高层者，杨澜感觉到了事业的压力，她几乎每天都在为公司的经营策略、企业怎么赚钱而操劳。面对国内一些主要省份电视台广告收入大幅下滑的窘境，杨澜更是感觉到了自己身上的担子有千斤重。

这一时期由于激烈的市场竞争压力，杨澜将公司的成本大幅削减，并逐渐摆脱亏损严重的卫星电视与香港报纸出版业务，同时，为了坚持下去，她还将自己的工资减少了百分之四十，这一切都让公司的所有员工重拾信心。终于，经过不断努力，阳光文化在 2003 财政年度中取得了赢利，摆脱了近两年的亏损。

杨澜曾说过："每个人都在不断成长，成长历程是一个不断前进的动态过程。 也许你在某个时期会达到一种平衡，但是这种平衡必然是短暂的，甚至可能转瞬即逝。 而整个成长过程却是永无止境的，生活中很多事是难以预料的，甚至你身边的那个人也可能会改变。 尽量把握成长中可以把握的，这才是对自己的承诺。 也许我们再怎么努力也成为不了刘翔，但是我们仍然能够享受奔跑的快乐。 可能有人会阻挡你的成功，但却没人能阻止你的不断成长。 换句话说，这辈子你可能不能成功，但是并不代表你不能成长。"

噩梦醒来已是满园春色

其实，每个人小时候都喜欢做游戏，做游戏的本身就是不断战胜挫折与失败而获取刺激与欢乐的过程。 假如没有挫折与失败，再好的游戏也会变得没有趣味。 试想，倘若人们在生活中也拥有这么一种阳光的游戏心态，那么也许遇到的失败与挫折就不会显得那般沉重和压抑了。

连孩子都能如此聪明地将挫折变成一种游戏，我们这些成年人为什么不能让痛苦沮丧的心态快活起来呢？ 其实，生活与游戏，二者并无差别，只是人们在游戏中身心放松，而在生活中精神紧张罢了。 在游戏中你可以体味到打败困难的乐趣，同样，在生活中也可以将挫折视为游戏，而从中体味到积极的快乐。

在人的一生中失误是不可避免的，但必须认清失误的本质——失误者要清楚自己失误在哪里，而不能对自己的失误一无所知。

我们更不能害怕失误，因为恐惧不可能使一个人避开失误。

惧怕失误往往是女性常有的一种心理，也许自孩童时期起，就会有人向你灌输这种观念。 如果不能正确克服这种恐惧感，那么失误也许将会与你终生相伴了。

其实，对我们来说世界上并不存在失误，看到这一说法，你可能会惊讶。 所谓失误，只不过是别人对你做某件事所表达的看法。 所以，你根本没有必要事事都按照别人的看法去做。

只要向着你心里的目标，不断努力，那么失误就只不过是为最终获取成功的一次次尝试罢了。

有时，我们会遇到这样一种情形：你详细设计完成了某一任务的计划，然而却由于种种原因，使你无论怎样努力都无法实现。在这种情况下，千万不要将此事与自我价值等同起来，你只是没有完成某一件具体的任务，但这并不等于你整个人都失败了。你只不过是在某一段时间内没有成功，你还可以不断探索新的途径，积极尝试新的方法，直到最后获得成功。

托尔斯泰曾经说过："想象中的恐怖要比现实中的恐怖厉害得多。"

知道反向思维吗？

有些时候，正面思维无法突破，反过来想一想也许能取得意想不到的效果。

同样的，有时故意从不好的角度想想自己，也许能够对自己了解得更清楚、更透彻。

总之，世间没有绝对的事物，所有的好与坏，得与失，快乐与痛苦，都是相生相克的孪生体，经常相互转换。只不过是何者为显现，何者是隐影而已。

> 林玲是某校的田径选手，常常代表学校参加各种比赛。
>
> 在一次全国性比赛中，她参加了 4×200 米接力赛，负责最重要的第一棒。
>
> 她拼命告诉自己，一定要建立领先优势，夺取胜利；而教练也叮嘱她务必发挥出最好水平，为第二棒队友创造获胜的先机。

林玲了解教练对她的期望，知道如果第一棒不能领先，跑第二棒的同学就有可能被其他选手挡住，不能及时起跑，那将会导致他们损失十分之一秒的时间，而这十分之一秒，常常是取胜的关键。

　　尽管教练、同学，包括她自己，都有足够的信心取得胜利，但仍有种隐忧悄悄升起。林玲知道自己是第一跑道，基于好奇，她侧头看了一眼邻近跑道的选手，结果当她发现站在起跑点的选手是 X 校最优秀的王玉梅时，不觉倒抽了一口冷气。

　　王玉梅是短跑好手，林玲曾在一百米的赛道上败在她手里，而如今赛程长，她又身负重任，林玲对自己能否胜过对方毫无把握。

　　她越来越觉得信心大失，就在她开始沮丧得想哭、想退出的时候，王玉梅走了过来，向她伸出看似友善的手，握手的时候，她信心满怀地看着林玲，调侃地说：

　　"我先到终点等你啊！待会见。"

　　林玲原本就脆弱，再加上这番话，她顿时感觉全身的力量好像都在远离自己，剩下的只有无边无际的愤怒和软弱的身体。

　　她用尽力量支撑身体，在思想的挣扎中，她猛地想起教练说的一句话：

　　"若是别人想以心理优势打击你，千万别让她们如愿。"

　　林玲这时恍若一个将沉的溺水者终于看到了一个救生圈，她使自己逐渐地平静、稳定，不断地积蓄力量。

随着发令枪声响起，王玉梅果然一马当先。场上所有选手都落在王玉梅后面，仿佛她就是第一名，而所有的人只有争取第二名的资格，林玲也以为自己只能第二个将接力棒交给队友，便将全部精神都集中在取得第二上。林玲事后回想起比赛说："若赛程只有100米，也许我真的只能拿第二了"，但是，在最后冲刺的时候，跑在最前面的王玉梅好像突然间变得越来越慢了。

这时，林玲以全速加快向前飞奔，终于超越了王玉梅，第一个将接力棒交到队友手中，当林玲越过她时，只听见她在挣扎喘气，她甚至快要停下来了。用田径场上的术语形容，就是她"烧尽"了。

比赛后，林玲已经不记得王玉梅当天的名次了，只清楚记得自己在终点线上等她的笑脸。

经过这件事，让我们明白了一个道理，即使拥有傲人的才华，要想获得最后胜利，也必须以稳健的步伐不断地跑完整个比赛；即使你落后100米，你仍然有可能在终点处等她。而每一次预计的成功当中，总是隐含着各种各样失败的小因子；同样，在失败里，可能也埋藏着成功的契机。世间的事就是这样，没有"绝对"的定律，只有"相对"的变化。

能屈能伸也是女人所需要具备的品质

"能屈能伸"是《史记》中的一个成语，其富含的哲理使之流传久远。

女人的一大特性是坚忍。能屈能伸的女人能承受大喜大悲，她们办事干练，行动迅捷，且不为感情所累；遇阻时能审时度势，全身而退，一旦时机合适就会东山再起。

何谓"屈"？屈是拉开的弓；何谓"伸"？伸是射出的箭。屈是伸的前奏，伸以屈作为铺垫；伸是屈的目的，屈是伸的手段。只有拉得紧，才能射得远。

女人在工作、生活中扮演着诸多角色，要想在方方面面都表现出色、妥善处理是很困难的事。有时，为了更长远的发展，委屈一下在所难免。

屈伸之间彰显的是女人处世的大智慧。

屈，是难得糊涂，是一种谦恭，是能在困境中求存、能在负辱中抗争的"忍"，是名利纷争中的"恕"，是与世无争中的"和"。

以退为进、以柔克刚、以弱胜强都是屈的表现形式，是"无可无不可"的两便思维，这种思维有着"有也不多，无也不少"的自如心态，从而达到"不战而胜"的境地。

善于屈伸的女人在社交中总是能够左右逢源，对她们而言，没有失败，只有沉默，此沉默是面对挫折与逆境的力量，会在积蓄中爆发。

大丈夫要能屈能伸，女人同样如此，很多成就了非凡人生的女人正是凭借着这样的智慧获取成功的。

武则天 14 岁入宫，成为唐太宗的一个嫔妃。当时，她对统万民、御天下的唐太宗倾慕不已，甚至梦想着自己有朝一日也能够像太宗那样呼风唤雨。然而，要想做到这些，她必须像太宗那样身居高位、手握兵权，有无上的权力和威严。她深知，要想实现这个目标，就必须能屈能伸，太过锋芒毕露则会死于非命。于是，武则天把"目标"隐藏在心底，只是利用自己身为女人的魅力尽心尽力地侍奉太宗皇帝，很快就得到了太宗的依赖和亲近。当唐太宗病危之时，有意让她陪葬，武则天岂会甘做陪死的人？面对危急，她断然舍弃皇宫中的一切，出家当了尼姑。她想："只要保全了性命，总有东山再起的时候。"选择出家当尼姑是当时流行的一种悔罪修身、表示虔诚的方式。武则天的举动不但表达了对太宗的忠贞，更保全了自己的生命，为自己的长远计划留下了回旋的余地。她在特定情况下做出这种选择让人钦佩，也正是这种能屈能伸的智慧成就了她日后一代女皇的功业。

在封建社会，一个女人要想成就一番事业，困难何其之多，更何况是要成为一国之君、开天辟地的一代女皇。武则天的成就固然有众多的机缘巧合，但也离不开她高深的情商。正因为她能屈能伸，在最适当的时候做最恰当的事，从而渐渐地扩张了自身的势力，取得了权势。

在现实生活中，女人和男人相比，处于弱势一方。要想取得不凡的成就，除了丰富的知识和不可或缺的外界辅助力量之外，能屈能伸的处世智慧更是刚刚好的女人最有力的帮助。

莎莉·拉斐尔是美国一家自办电视台的节目主持人，曾两度获得全美主持人大奖，每天收看她所主持的节目的观众有 800 多万。她被誉为美国传媒界的一座金矿，无论到哪家电视台，她都会带来巨额的回报，堪称最受欢迎的主持人。然而，就是这样一位主持人，却曾因为过于自我、不肯适应时下节目的风格，而遭遇了职业生涯中 18 次被辞退的经历。

最初的时候，她想成为美国大陆无线电台的主持人，但是电台负责人因为她是一个女性难以吸引听众而拒绝了她。

心高气傲的她不以为然，她想，凭着自己的外貌找到一份主持人的工作很容易。她来到了波多黎各，希望会有好运气，但是不通西班牙语的她不断地遭遇拒绝。这时，她意识到必须将自己的姿态放低，这样才能迎合不同电视台的风格，没有谁仅仅因为美貌而录用她。于是，她花了三年多的时间攻克西班牙语，并且到一家小电视台义务打工。期间，她应一家通讯社的委托到多米尼加共和国采访暴乱，不仅没有工资，还自付了 200 多美元的差旅费。

她不停地工作，也不停地被辞退。但就在这不停地被辞退的过程中，她越来越能适应不同电视台的风格了。

一个合格的主持人应知应会的本领，她都学会了。1981年，她到纽约的国家广播公司推销她的访谈节目策划，终于得到了首肯，但那家公司却让她先做一个政治类节目。她对政治一窍不通，为了适应政治节目的需要，她开始恶补政治知识，不眠不休。1982年夏天，她主持的以政治为主要内容的节目开播了，她一改往日同类型节目的沉闷，凭着娴熟的主持技巧和平易近人的主持风格使广大听众对讨论国家政治活动充满了兴趣，获得了无比的成功。一夜之间，她主持的节目成了美国最受欢迎的政治节目。

拉斐尔在放低自己的姿态后，人生有了新的转折。如果她一直高傲于自己的美丽，只会不停地遭到淘汰。

刚刚好的女人能在屈中处世，在屈中做事，也能在伸中立志，在伸中立业。

无法改变就要学会适应

美国有一所非常著名的学府，它的名字几乎为全世界的知识分子所知晓，它的入学考试需要平均90分以上的成绩，它一门课的学费，可以相当普通家庭整月的开销，它的学生常穿着印有校名的 T 恤在街上招摇……

但是，这个学校有着严重的困扰，因为它紧邻一个治安极坏的贫民区，学校的玻璃经常被顽童打破，学生的车子总是失窃，学生在晚上被抢劫不是新闻，女学生甚至遭到被强暴的命运。

"一所伟大的学校，怎么能有如此糟糕的邻居！"董事会议愤怒地一致通过，"把那些不安分的邻居赶走！"方法很简单——以学校雄厚的财力把贫民区的土地和房屋全部买下，改为校园。

于是校园变大了。但是问题不但没有解决，反而变得更严重，因为那些贫民虽然搬走，却只是向外移，隔着青青的草地，学校又与新贫民区相接。加上扩大的校园又难于管理，治安更糟了。

董事会失去了主意，请来当地的警官共谋对策。"当我们与邻居相处困难时，最好的办法不是把邻人赶走，更不是将自己封闭，反而应该试着去了解、沟通，进而影响、教育他们。"警官说。

校董们相顾无言，哑然失笑，他们发现身为世界最著名学府的董事，竟然忘记了教育的功能。

他们设立了平民补习班，送研究生去贫民区调查探访，捐赠教育器材给邻近的中小学，并辅导就业，更开辟部分校园为运动场，供青少年们使用。

没有几年，这所学校的治安环境已经大大地改善，而那邻近的贫民区，更眼看着步入了小康。

置身于一个糟糕环境，光是靠抱怨是改变不了现状的。要么你就去改变它，要么你就去适应它——除此之外，别无选择。

在某城镇的一条街上，住着两户人家。一家是富人，一家是鞣皮匠。

富人家的屋子非常气派，高高的屋檐，雕花的门窗，宽宽的走廊用圆圆的柱子支撑着，夏天坐在走廊上，让微风吹着，特别清爽。

鞣皮匠家的房子可差远了，低低矮矮的不说，那窗户小得只能进一只猫，那门矮得人要低着头、弯着腰才能进去。

富人的房子虽好，但他 10 分钟也不敢在走廊上坐，因为，他实在无法忍受鞣皮匠家里飘过来的难闻的气味。

鞣皮匠整天都要干活，于是，一张又一张的驴皮、马皮、猪皮、狗皮……都运到他家。他操起刀，一张一张地刮，然后用配好的料一张一张地鞣。

脏水像小河一样从鞣皮匠家的屋子里流出。无论谁走过那里都要紧紧地捂住鼻子，如果捂得不严，就会被熏得呕吐。

富人在这种臭气中过日子，真是难受死了。于是，他多次来到鞣皮匠的家里，对他说：

"喂，你无论如何也不能再这样干下去了，如果你不尽快搬家，我总有一天要死在这里。我这里有一个金币，你拿上它快点搬家吧！"

鞣皮匠知道，无论到哪里人们都不会欢迎他，于是，他对富人说：

"老爷，我不要你的金币，不过请你放心，我已经找好了房子，要不了几天我就会搬走，请你放心好了。"

一天过去了，两天过去了。每当富人来催，鞣皮匠都是这几句话。

随着时光的流逝，鞣皮匠家的这股臭味仿佛变了，因为富人来催他搬家的次数越来越少了。

到最后，富人每天坐在走廊上，又是喝酒，又是吃肉，再也不让鞣皮匠为难了。

富人的变化使鞣皮匠十分纳闷。有一天，鞣皮匠见到了富人，问他道："老爷，现在我们这条街有什么变化吗？"

富人说："没有啊，我觉得在这里住十分舒服。"

原来富人已经适应这种味道了。

入芝兰之室，久而不闻其香；入鲍鱼之肆，久而不闻其臭。一个漂亮的人看久了也就不会觉得多好看，一个丑陋的人看多了也就不觉得其有多难看。人与环境是相互作用的，你能改变就设法改变，怨天尤人不能解决任何问题，当你改变不了就学会适应，同样，抱怨没有任何作用。

敢于正视自己的缺陷

　　美国总统罗斯福是一个有缺陷的人，小时候是一个脆弱胆小的学生，在学校课堂里总显露一种惊惧的表情。他呼吸就好像喘大气一样。如果被喊起来背诵，立即会双腿发抖，嘴唇也颤动不已，回答起来，含含糊糊，吞吞吐吐，然后颓然地坐下。由于牙齿的暴露，难堪的境地使他更没有一个好的面孔。

　　像他这样一个小孩，自我的感觉一定很敏感，常会回避同学间的任何活动，不喜欢交朋友，成为一个只知自怜的人！然而，罗斯福虽然有这方面的缺陷，但却有着奋斗的精神——一种任何人都可具有的奋斗精神。事实上，缺陷促使他更加努力奋斗。他没有因为同伴对他的嘲笑而减低勇气。他喘气的习惯变成了一种坚定的嘶声。他用坚强的意志，咬紧自己的牙床使嘴唇不颤动而克服他的惧怕。

　　没有一个人能比罗斯福更了解自己，他清楚自己身体上的种种缺陷。他从来不欺骗自己，认为自己是勇敢、强壮或好看的。他用行动来证明自己可以克服先天的障碍而得到成功。

　　凡是他能克服的缺点他便克服，不能克服的他便加以利用。通过演讲，他学会了如何利用一种假声，掩饰他那无人不知的龅牙，以及他的打桩工人的姿态。虽然他的演讲中并不具有任何惊人之处，但他不因自己的声音和姿态而遭失败。他没有洪亮的声音或是威重的姿态，他也不像有些人那样具有惊人的辞令，然而在当时，他却是最有力量的演说家之一。

　　由于罗斯福没有在缺陷面前退缩和消沉，而是充分、全面地认识自己，在意识到自我缺陷的同时，能正确地评价自己，在顽强之中抗争。不因缺憾而气馁，甚至将它加以利用，变为资本，变为扶梯而登上名誉巅峰。在晚年，已经很少人知道他曾有严重的缺憾。

确实如此，你纵然存在一些缺陷，但仍有成功的机会。只要你肯于承认自己的缺点，积极努力超越它，甚至可以把它转化为发展自己的机会。

拿破仑的父亲是一个极高傲但是穷困的科西嘉贵族。他把拿破仑送进了一个在布列纳的贵族学校，在这里与他往来的都是一些在他面前极力夸耀自己富有，而讥讽他穷苦的同学。这种一致讥讽他的行为，虽然引起了拿破仑的愤怒，而他却只能一筹莫展，屈服在威势之下。

后来实在受不住了，拿破仑写信给父亲，说道："为了忍受这些外国孩子的嘲笑，我实在疲于解释我的贫困了，他们唯一高于我的便是金钱，至于说到高尚的思想，他们是远在我之下的。难道我应当在这些富有高傲的人之下谦卑下去吗？"

"我们没有钱，但是你必须在那里读书。"这是他父亲的回答，因此使他忍受了 5 年的痛苦。但是每一种嘲笑，每一种欺侮，每一种轻视的态度，都使他增加了决心，发誓要做给他们看看，他确实是高于他们的。他是如何做的呢？这当然不是一件容易的事，他一点也不空口自夸，他只心里暗暗计划，决定利用这些没有头脑却傲慢的人作为桥梁，去使自己得到技能、富有、名誉和地位。

等他到了部队时，看见他的同伴正在用多余的时间追求女人和赌博，而他那不受人喜欢的体格使他决定改变方针，用埋头读书的方法，去努力和他们竞争。读书是和呼吸一样自由的，因为他可以不花钱在图书馆里借书读，这使他得到了很大的收获。他并不是读没有意义的书，也不是专以读书来消遣自己的烦恼，而是为自己理想的将来做准备。他下定决心要让全天下的人知道自己的才华。因此，在他选择图书时，也就是以这种决心为选择的范围。他住在一个既小又闷的房间内。在这里，他脸无血色，孤寂，沉闷，但是他却不停地读下去。他想象自己是一个总司令，将科西嘉岛的地图画出来，地图上清楚地指出哪些地方应当布置防范，这是用数学的方法精确地计算出来的。因此，他数学的才能获得了提高，这使他第一次有机会表示他能做什么。

他的长官看见拿破仑的学问很好，便派他在操练场上做一些工作，这是需要极复杂的计算能力的。他的工作做得极好，于是他又获得了新的机会，拿破仑开始走上有权势的道路了。这时，一切的情形都改变了。从前嘲笑他的人，现在都涌到他面前来，想分享一点他得的奖励金；从前轻视他的，现在都希望成为他的朋友；从前讥讽他是一个矮小、无用、死用功的人，现在也都改为尊重他。他们都变成了他的忠心拥戴者。

难道这是天才所造成的奇异改变吗？抑或是因为他不停地

工作而得到的成功呢？ 他确实是聪明，他也确实是肯下功夫，不过还有一种力量比知识或苦工来得更为重要，那就是他那种想超过戏弄他的人的野心。

　　假使他那些同学没有嘲笑他的贫困，假使他的父亲允许他退出学校，他的感觉就不会那么难堪。 他之所以成为这么伟大的人物，完全是由他的一切不幸造成的。 他学到了由克服自己的缺憾而得到胜利的秘诀。

任何磨砺都是有益的

一个把困难看作垫脚石的人，将会从困难中体会到快乐和幸福；而一个把困难看作绊脚石的人，只会从困难中体会到悲哀和失败。

不能否认，在我们的身边有这么一些人：他们永远不敢正视困难，对自己也没有任何信心，认为自己做这个不行，做那个也不行，是个彻头彻尾没用的家伙。他们根本无法振作精神，更谈不上与困难面对面地交战。脆弱的心理导致他们经不起一点点的挫折打击，即使问题出现转机，有了好机会，他们也会因沉浸在消极沮丧之中而难以察觉，而错过这个好机会，很可能就错过了一次成功。

要知道，困难是一个人磨炼意志、提高工作能力和丰富实践经验的最好的机会。从困难中，你可以学到通常情况下难以接触到的东西，让自己逐渐变得成熟而勇敢，对工作的处理更得心应手。如果学会了在困境中的奋斗，顺境中的事情对你来说都将算不了什么，因为需要的技能和意志在困难中已经得到了磨炼和提高。

世界超级小提琴家帕格尼尼是一位苦难者。4 岁时一场麻疹和强制性昏厥症，已使他快入棺材。7 岁患上严重肺炎，不得不大量放血治疗。46 岁牙床突然长满脓疮，只好拔掉几乎所有的牙齿。牙病刚愈，又染上可怕的眼疾，幼小的儿子成了他手中的拐杖。50 岁后，关节炎、肠道炎、喉结核等多种疾病吞噬着他的肌体。后来声带也坏了，靠儿子按口型翻译他的思想。他仅活到57岁，口吐鲜血而亡。死后尸体也备受磨难，先后搬迁8次。

但生前，帕格尼尼似乎觉得自己并不是一个灾祸缠身的不幸者。他长期把自己囚禁起来，每天练琴10至12小时，忘记饥饿和死亡。13岁起，他开始游历各地，过着流浪的生活。除了儿子和小提琴，他几乎没有一个像样的家和其他亲人。

可帕格尼尼是一位天才。3岁学琴，12岁就举办首次音乐会，并一举成功，轰动舆论界。在他之后的游离经历中，他的琴声遍及法、意、奥、德、英、捷等国。他的演奏使首席提琴家罗拉惊异得从病榻上跳下来，木然而立，无颜收他为徒。他的琴声使卢卡观众欣喜若狂，宣布他为共和国首席小提琴家。在意大利巡回演出产生神奇效果，人们到处传说他的琴弦是用情妇肠子制作的，魔鬼又暗藏妖术，所以他的琴声才魔力无穷。维也纳一位盲人听他的琴声，以为是乐队演奏，当得知台上只他一人时，大叫"他是个魔鬼"，随之匆忙逃走。巴黎人为他的琴声陶醉，早忘记正在流行的严重霍乱，演奏会依然场场爆满……

他不但用独特的指法和充满魔力的旋律征服了整个欧洲和世界，而且发展了指挥艺术，创作出《随想曲》、《无穷动》、《女妖舞》和6部小提琴协奏曲及许多吉他演奏曲。几乎欧洲所有文学艺术大师如大仲马、巴尔扎克、肖邦、司汤达等都听过他演奏并为之激动。音乐评论家勃拉兹称他是"操琴弓的魔术师"。歌德评价了"在琴弦上展现了火一样的灵魂"。李斯特大喊："天啊，在这四根琴弦中包含着多少苦难、痛苦和受到残害的生灵啊！"

人们不禁问，是苦难成就了天才，还是天才特别热爱苦难？这问题一时难以说清。但人们分明知道，弥尔顿、贝多芬和帕格尼尼被称为世界音乐史上三大怪杰，居然一个成了瞎子、一个成了聋子、一个成了哑巴！苦难是最好的大学，当然，你必须首先不被其击倒，然后才能成就自己。

在竞争激烈的职场中，有人靠自己的智慧和能力，抢占先机取得了事业上的成功，有人却屡遭挫折和困顿，经受着失败的痛苦。成功和失败对于一个人来说总是在变化着的。你面对的究竟是失败还是成功，很多时候要看你如何把握。

成功的关键就是是否经得起困难的磨炼。如果将每次的困难都看成是不可逾越的高山，那么前一次的困难，就为下一次的困难埋下了种子。如果把困难当作锻炼自己的机会，那么每一次的困难，就为将来的成功奠定了基石。

　　一家著名的汽车销售公司要招聘10名职员，经过严格的笔试和面试，公司从300多名应聘者中选出了10名佼佼者。

　　公布结果那天，一个叫卡尔的青年在布告栏上没有发现自己的名字，悲痛欲绝，回到家中便要自杀，幸好亲人及时发现，将他救了过来。

这时，从那家公司传来好消息：卡尔的成绩本来名列前茅，只是由于计算机录入的错误，才导致了卡尔的落选。

正当卡尔一家欢喜庆幸时，却又传来消息：卡尔被公司除了名。

原因很简单，公司的老板认为："如此小的挫折都经受不了，这样的人肯定在公司里干不成什么大事。"

所以说，检验一个人的能力最好是在他处于困境的时候。看一看是否经得起困难的磨炼，困难能否唤起他更多的勇气，能否使他发挥出更大的潜力。

一个能勇敢面对困难，独当一面的人，他会是老板和同事最得力、最靠得住的帮手。他知道困难不会让他的成功来得更迟，而是来得更早。

其实，任何的磨砺都是有益的。这是对自身能力的一种锤炼和加强。至少下一次对你来说，就不再是困难，而可以轻松地越过。

在浮躁的时代更需要淡定和从容

有人说，这个社会处处充满着浮躁之气，甚至让人窒息。但人们可曾想过，其实有浮躁之气的并不是社会，而是人。因为有着太多躁动不安的人，所以社会才会多了戾气，让人难以忍受。

人们往往会做出一些南辕北辙、缘木求鱼的事。比如，当渴望追求生活的自由和宁静时，内心却充斥着欲望和不安；当不满他人的钩心斗角、尔虞我诈时，内心却还在盘算着如何获取更大的利益，积累更多的财富。

一个人往往只看得到他人不安分的模样，却很少去观察自己的表情和心态。而且在当看到别人一脸愁容、终日不安时，是否确定自己已经做到了豁达恬淡呢？又或者自己是一个冷眼旁观者，抑或说早已麻木，对任何人事都不再付出感情，真正做到了无动于衷？

其实这种浮躁之气就好似都市中的高温，只升不降。一个不争的事实是：一个人一旦遇事不顺就极有可能与他人大动肝火，更没有了以往的心平气和，也不知什么是忍耐。

外部环境对人的心智来说可以说是一种历练。刚刚好的女人举止优雅、谦虚温和，在众人眼中好似一幅隽永的风景。因为她们明白：面对生活的各种不顺，与其焦躁不安、愤怒不已，倒不如试着整理自己的负面情绪，在尽力做好自己事情的同时，去学会接受那些不可逆转的事。

墙壁上爬着一只壁虎，它静静地守在一处等待着蚊子飞过，准备伺机而动。它有着十分强大的耐性，可以坚持一个小时、两个小时……甚至一整天都不移动。由于它紧贴着墙面，所以一般很少被人发现。

有一次，它正在找寻自己的最佳位置时，却被家里的主人发现了。而主人也被它尖尖的脑袋，发达的四肢，以及一身黄棕色的皮肤吓到。所以，主人想要把它从墙面上捉下来，于是便用东西夹住了它的尾巴。而它在慌乱中挣扎逃脱时，竟弄断了自己的尾巴。

落荒而逃的壁虎十分害怕，它不知道没有尾巴的自己将会怎样。它心里很是不安，而且在捕食蚊子的过程中，也屡遭失败。最后，它饿得连最后一丝力气也使不出来。

它以为这一切都是自己丢失了尾巴的缘故，于是急着四处寻找妈妈。壁虎妈妈看到焦躁、疲惫不堪的儿子后，连忙说道："发生什么大事了，怎么如此慌乱不安啊？"小壁虎立刻转过了身，让壁虎妈妈看看自己的身后，便回答说："我丢失了尾巴，以后再也不能捕捉蚊子了。那我今后可要怎么办啊？"

壁虎妈妈听完壁虎的诉苦后，笑着说："不用担心，尾巴还会重新再长出来的。相信不到一个月，你就会拥有一条新的尾巴了。还有其实这和你的捕食本领没有丝毫关系。"小壁虎说："我曾经也试着去忽略丢了尾巴这件事，但是我确实是在失去尾巴后一整天都没有捕捉到食物……"

……

最后，听完壁虎妈妈的一番讲解后，小壁虎终于明白：原来一切都是因为自己的焦躁不安才造成自己无法集中精神，因而无法锁定目标，当然也就捕捉不到食物。

其实焦躁是一个人在面对突发事件或者不顺心的事时的一种本能的情绪反应。当一个人开始变得焦躁不安的时候，也就很容易失去思考、判断的能力，从而让自己手忙脚乱，同时这也很不利于事情的解决。而女人所处理的危机事件其实就相当于那只丢失了尾巴的小壁虎，她们的情绪会因此产生很大的波动，而且整个人看起来都紧张兮兮的。

女人的焦躁一发便不可收拾，她们会因此坐立不安，紧蹙眉头，郁结于心。然而，刚刚好的女人在面对所有大大小小的事情时，她们始终都会使自己处于沉稳冷静、不骄不躁的状态。

若有时候我们能从容一点，看开一点，往往事情的结果就会大不一样。刚刚好的女人在面对问题时首先想到的就是解决问题的方法，而不是总想着自己情感的发泄。比如当被花枝上的刺扎伤了手指时，刚刚好的女人永远不会像娇气的女人那样惊慌地表现出自己的疼痛；她们会想办法挑出刺或者想法止住血，与以往没有任何不同，好像受伤的不是自己的手指头。

小敏上班已有十多年了，她知道当自己走出这个房间后，面对她的将不仅是蚂蚁般稠密而拥挤的人群，还有街道上那川流不息的车辆。

因为堵车，城市的公交经常让人等一个或者两个小时。对于这一点，小敏早就已经看淡。但她并没有抱怨，而是庆幸自己只是在下班时间遇到这种情况。

每当她等得不耐烦，内心的怒火将要爆发的时候，她会一直提醒自己要淡定，并且告诉自己说不定下一分钟公交车就到了。所以，上下班的辛苦对于她来说并不算什么。因为这段时间她也只是处于一种等待的状态。

她觉得自己现在已经处于超脱凡尘的状态，做事情一直是不紧不慢，没有丝毫的紧迫感。刚工作时，复杂的人际关系曾让她感到头疼，而现在的她对这些可以做到风轻云淡。如今她再也不会因繁重的工作而把自己忙得终日焦头烂额，她只想认真努力做事，一切都随事情自然发展，也不再考虑那么多后果。

她每天晚上的睡眠很甜也很安稳，同时还很好地清扫了当天遗留下来的疲惫。但偶尔，她也会觉得生活如水般平静自然，但自己畅游其中，也觉舒适安然……

刚刚好的女人不会被焦躁的情绪所干扰，因为她们能够很好地安抚自己的情绪。曾有一位诗人这样说过，上天为你关闭一扇门的同时也将会为你打开一扇窗。

所以，与其让焦躁不安的情绪淹没自己，不如学会让自己平静下来，试着看到事情乐观的一面。这看起来虽然有点儿阿Q精神，但是心灵的宁静一旦被破坏，自己还能够泰然自若、轻松面对未来的生活吗？

打消自我怀疑的念头

一位内科医生每次给新病人看病时脑子里就会响起一个刺耳的声音：我要是诊断错了该怎么办？ 我是个蹩脚的医生，当初我是怎么混进医学院的？

一位高管失业了，虽然此前有过 25 年的辉煌职业生涯，他还是不断地告诉自己：我是个失败者。

一位知名学者接到了奥巴马政府请他出山担任某个高级职务的邀请，他的第一反应却是：他们肯定是搞错了。

如果这些真实的事例对你来说感觉非常熟悉，那么你的头脑里可能也有那么一个严厉的声音在回荡。 心理学家称，很多人都备受苛刻的自我怀疑的折磨。

周坤大学毕业后经历了一段非常波折的求职经历。作为一所名牌大学毕业的高才生，毕业都快一年了，他却始终没能找到满意的工作，这是不正常的。

"我的各方面能力都很优秀。"周坤说，"毕业之初，我对自己的工作问题是非常有信心的。但因为后来发生的一些事情，不知道为什么，我开始不断怀疑自己，担忧自己没有承担重任的能力，无法胜任心仪的工作。"

原来，周坤毕业后应聘几家公司都没能通过，遭遇打击的他开始不相信自己，怀疑起自己来。

"我往很多家大公司投的简历都没能得到回复，应聘了几次也没能顺利通过。我为此而恼火之极，但又不知道问题出在了哪里。于是我就在网上联系同学，想听听他们的看法。同学们的意见不一，有的说是我要求太高了，有的说是我没有选对口，本想让他们给些指点，但意见多了反而使我陷入了迷茫。"周坤如是说。

当遇到问题时，找别人帮忙分析是对的。但需要注意的是不要过分在意别人的意见，否则很容易使自己丧失主见，无法判断分析对错，最终陷入自我怀疑的陷阱。

很多人都有过周坤的这种经历，无论在生活上还是事业上，类似的事情都会经常发生。那么，我们该如何应对呢？其实办法很简单，就是解除自我怀疑。那么我们又该如何解除自我怀疑呢？我们先来看看周坤是怎样做的。

"我一度沉浸在别人的意见之中，甚至在晚上睡觉的时候我都会把每个人的意见从头到尾分析一遍。经过不断反复思考后发现，在所有意见当中，唯独没有我自己的意见。我这才恍然大悟，自己竟成了别人思维的复制者，完全丧失了自己的主见。意识到自己正在犯一个非常愚蠢的错误后，我开始重新整理思维。我将每个人的意见一一列在纸上，然后根据自己的实际情况逐个分析，吸收好的，排除坏的，最后整理出了几点自己的确存在的问题，再加以改进，结果我不但完善了自己的不足之处，自我怀疑的心理也排除了。"周坤总结道。

是的，要想排除自我怀疑，就必须要有自己的主见，要相信自己是绝对有能力完成某件事情的，不能听风就是雨，听了别人的意见后不进行仔细思考就拿来采用。 要结合自己的实际情况，认真分析后再吸取其意见的优点进行自我完善。

周坤通过仔细思考和认真分析找到了问题的真正所在。

"其实我是完全有能力找到令自己满意的工作，"周坤说，"只是毕业之初心情有些浮躁，在应聘几次都失败后就开始担忧起来。我开始担心自己无法找到满意的工作，认为一定是自己的能力不足，那些公司才不肯聘用我的。于是我便开始自我怀疑起来，不断否定自己，这才导致了后来一系列问题的发生。"

其实，大多数人陷入自我否定的陷阱都与周坤的经历相同，都是从出现问题到征求别人的意见到发生问题。 也就是说，如果我们能在征求他人意见的同时保持自己的主见，认真分析所遇到的问题后再采取行动，就能有效地避免这类事情的发生。

一个人要想突破自己，首先要做到的就是解除自我怀疑，打消消极的念头。 成功者的思想里只有成功，没有失败。 他们也会接受别人的意见，但从来不会怀疑自己是否有取得成功的能力。 这是一种非常强大的自信心，也是对一个人坚强的毅力最有力的支撑。 因此，我们除了在吸取他人意见时要保持谨慎，还有一点就是一定要相信自己，要有必胜的决心。 只有这样，我们才能始终坚定自己的立场，保持自己的主见，不被别人所左右。

别太在意别人的看法

据说，法国一位叫伊尔·索尔芒的著名的心理学家，在调查了全世界的 18 个贫困的国家后，他得出了这样的结论：人类最大的敌人不是灾祸，不是瘟疫，不是令人憎恨的战争，人类最大的敌人就是自己。自己的怯懦，自己的虚荣，自己的恐惧。自己都不相信自己的时候，你就什么都完了。所以，"相信自己"很重要。

有一位外科医生，他以善作面部整形手术驰名遐迩。他创造了许多奇迹，经整形把许多丑陋的人变成漂亮的人。他发现，某些接受手术的人，虽然为他们做的整形手术很成功，但仍找他抱怨，说他们在手术后还是不漂亮，说手术没什么成效，他们自感面貌依旧。

于是，这位著名外科医生悟到这样一个道理：美与丑，不仅仅在于一个人的本来面貌如何，还在于他是如何看待自己的。

一个人只要相信自己是最棒的，那么，他就能成为自己希望成为的那样的人。

世界著名影星索菲亚·罗兰第一次踏入电影圈试镜时，摄影师抱怨她那异乎寻常的容貌，认为她的颧骨、鼻子太突出，嘴也太大，应当先去整容一下再试镜。她却说："我不打算削平颧骨、换个鼻子和嘴巴。你们不喜欢灯光照在我脸上的样子，要解决这个问题，不是我要整容，而是你们要好好想想应当怎样给我拍照。虽然我的脸长得不漂亮，但长得很有特色。"

这就是自信的魅力！

在人生的大舞台上，每个人都是自己岗位上的主角。因此，我们不要总是被别人的言论所操纵，而要相信自己、主宰自己。

有这样一个故事，对那些没有自信的人来说应该有所启示。

某人对自己总是没有信心，觉得自己做什么事情都不会成功，而且连自己的钥匙都管不好，不是丢了，就是忘了带，要不就是反锁在门里边。他的301办公室就他一人，老是撬门也不是个办法，配钥匙时便多配了一把，放在302办公室。这下无忧无虑了好些日子。

有一天，他又没带钥匙，恰好302室的人都出去办事了，又吃了闭门羹，于是他在308也放了钥匙。最后就变成这样，有时候，他的办公室，所有的人都进得去，只有他自己进不去。

这个故事告诉我们一个简单的道理，如果在现实生活中放弃自己的权利，让别人的意志来决定自己，就会失去自我，也就失去了自我追求和信仰，也就失去了自由，那自卑就会随时来压迫你，迫使你归入生活的阴暗里面去，最后变成一个毫无价值的人。 要知道，人生最大的损失莫过于失掉自信。

上面这个故事里的主人公，过高地估计他人而过低地估计自己，遇事认识不到自己拥有无限的能力和可能性，所以他总是遭遇失败。 越是这样越觉得自己不行，觉得自己不行，就必然要依赖他人，受他人操纵。 这样，每失败一次，自信心就会磨灭一次，久而久之，一切就会按照别人的意见行事，一切就会操纵在别人手里，可悲的事就会接踵而来。 所以在任何情况下，我们都应该树立信心，才不会受他人操纵。

毕加索年轻的时候，他的画被很多人否定过，但是他说："我不认为我的画不好，我认为它是好的，我对它是极认真的，倾注了全部心血，也许它并不完美，但是我会继续努力，不断完善它。我不企求别人都肯定我的画，这是不可能的，但我知道总有人会欣赏我的画，我代表我自己，但也可能表现一群人的想法，尽管这群人不是很多，但毕竟有。所以，我迟早会被一些人肯定。"最终他成了伟大的画家。

我们生命中成就的大小，大半看我们能否对自己有信心，能否拒绝一切足以损害能力、降低效率的精神敌人于心胸之外。

荷兰出生的世界上最伟大的画家凡·高，他的艺术对现代绘画影响非常大，对苏联和德国表现主义影响更深远。 他一生画了800幅油画和700幅素描，但他的全部作品在其生前仅仅卖出去了一幅。 他的一生都是在贫困潦倒中度过的，始终在和贫穷、困难和失败做顽强搏斗。 在17年的绘画生涯中，他不在乎别人对他的评价，无所谓不被艺术承认，他始终坚持画他的思想，画他对生活的认识，并强烈地意识到这才是他真正的职业。

经历了近百年的艺术考验，他的作品成了世界拍卖史上最昂贵的油画，争相被世界上各大博物馆收藏。

假如你现在的生活还不尽如人意，先不要在意别人的看法，你要相信自己的直觉，丰富自己的梦想，这样你才会对未来有希望。

法国哲学家巴斯卡曾说："心灵具备某种连理智都无法解释的道理。"因此，我们要敢于大胆地跟随梦想前进，别害怕自己的能力有限，但也不要盲目。假如物理难倒了你，你可能没有机会成为量子物理学家；假如你已经四五十岁了，你可能无法在职业篮球赛中闯出一番天下；但是我们还有许多梦想可供选择。

如果你觉得自己一无是处，那是你无能的表现。当然，也许我们没有贝多芬那样的天才，也没有毕加索和凡·高那样精湛的画技，但是天生我材必有用，当你对自己有信心时，生活也不会辜负你。

信心对每个人都很重要，因此，要相信自己在某些方面的能力，不要愁眉苦脸，不要满心忧虑，不要愤愤不平，不要对过去耿耿于怀，不要对未来忧心忡忡。尝试换一种获取成功的方式，你就会感到轻松和快乐。

经常想想什么事是你想做的，什么事是可以令你既觉轻松又乐在其中的，这有助于你去认知自己的才华，假如把这些才华运用在目标的追求上，成功的机会将会更多。

摘下面具，保持自己的个性

当年，贝蒂·福特成为美国第一夫人时，她即以坦白率直闻名。当那些紧追不舍又唯恐天下不乱的新闻记者问到她对各种问题的观点时，她总是直率而坦白地回答。有一次，一个冒失的记者甚至问她和丈夫做爱的次数，她竟能从容不迫地回答："尽我所能的多。"另外，她也从不隐瞒有关她早期精神崩溃及服用药物、酒精等不怎么"光荣"的过去。福特夫人这种坦诚的个性赢得了美国人民的爱戴。

教皇保罗八世之所以到处受欢迎，部分原因是他完全不掩饰。他一生都很胖，而且出身于贫苦的农家，但他从不掩饰外貌与出身的缺陷。在他当上教皇后，有一次去拜访罗马的一所大监狱，在他祝福那些犯人时，他坦诚地说他这一次到监狱是为了探望他的侄子。很多人认为他是耶稣的化身，除了他知道怎样分享别人的苦乐外，另一原因就是他"不戴面具"地生活。

不管无意或有心，我们每个人多少都在掩饰自己。尤其当我们在公众中生活或从事自己认为重要的事情时，"表演"痕迹就愈加明显。一切都十分"完满"、"合乎规范"，个性完全被淹没了。

从我们来到这个世界的那一刻起，我们便得到了家人及社会的关怀与关注，我们便拥有了生存权、受教育权、发展权等基本人权。直到我们开始受教育起，没有人要求对这些恩赐进行回报，没有人要求我们对家人、对社会尽什么义务。 但是，我们不可能一直都如此，当我们有了独立生存的能力时，我们必须对家人，对社会尽一定的责任。 这就客观地要求我们每一个人都寻找着在这个社会的立足点，选择奋斗方向，明确奋斗目标。 而在实现这一目标的奋斗过程中，总会遇到这样那样的可预知和不可预知的事情，解决这些问题，在寻找切实可行的方法的同时，保持自己独特的个性，以本色天性面世，坦然面对身边的人和事是非常重要的。

保持个性就是接受我们现在的样子，包括一切过失、缺点、短处、毛病以及我们的资产与力量，做到自我承受。 但是，我们要认清这些否定面是属于我们，而不是等于我们，我们的"自我接受"就会更加容易。 很多人坚决地认为他们等于"错误"，因而丢弃了健全的"自我接受"。 你或许会犯一个错误，但这并不是说你等于一个错误，你或许不能适当而充分地表达自己，但这并不是说明你就是"不好"。

金圣叹是明末清初的一位大文人，他满腹才学，却无心功名八股，安心做个靠教学评书养家糊口的"六等秀才"。在独尊儒术，崇尚理学的时风中，偏偏独钟为正统文人所不齿的稗官野史，被人称为"狂士"、"怪杰"。他对此全不在意，终日纵酒著书，我行我素，不求闻达，不修边幅。

清顺治十八年三月清世祖驾崩，哀诏传至金圣叹家乡苏州，苏州书生百余人以哭灵为由，哭于文庙，为民请命，请求驱逐贪官县令任维初，这就是震惊朝野的

"哭庙案"。清廷暴怒，捉拿此案首犯19人，全部斩首。金圣叹也是为首者之一，自然也难逃灾厄，但他毫不在乎，临难时的《绝命词》，没有一个字提到生死，只念念不忘胸前的几本书，赴死之时，从容不迫，口赋七绝。《清稗类钞》记载，他在被杀的当天，写家书一封托狱卒转给妻子，家书中也只写有："字付大儿看，盐菜与黄豆同吃，大有胡桃滋味，此法一传，吾无遗憾矣。"

个性是天生的，个性是不能选择的。它虽然在后天可以得到优化和改造，但其基本的东西即性质是不会改变的。伟大的剧作家莎士比亚曾说过："你是独一无二的。"这是最高的赞美。

我们为何经常要躲在面具的后面？我们踌躇于表现自己和保护自己的冲突之间，我们也长久在追求功名、保持隐私之间挣扎与矛盾。

你是否曾有过和某人一见面，便不由得心情愉悦，并有和他进一步交谈的动机呢？有些人对他人的交游广泛，感到很不可思议。其实博得人缘的秘密，除了实力这个因素外，就是在于一个人是否有魅力。

个人魅力并非一朝一夕便能营造而成，它是由许多因素共同构成的，但最重要的是用体谅别人的心去学习成长，如此必能得到众人真心的喜爱。要达到这个目标，说穿了其实也不容易，先决条件就是"摘掉面具"，保持个性。

人生活在世间，能以本色天性面世，不费尽心机，不被那些无谓的人情客套、礼节规矩所拘束，能哭能笑，能苦能乐，泰然自在，怡然自得，真实自然，保持自己的个性特征，岂不是一件乐事？

历史上凡是有思想的人都是个性十分鲜明的人，没有个性便没有创造力，更没有主见，没有独立的人格，也就不会有深邃的思想。每个人的个性都会有所不同，但保持自己独特的个性，正确地认识、分析自己，扬长避短，就一定会赢得大家的尊重，同时也会有助于你的事业。

自重自爱，不要趋炎附势

　　面对剧变的社会，面对纷繁的生活，许多人感到人际关系变得越来越复杂，为人处世也变得越来越难。实际上，做人只要保持自己平和的心态，坚守自己的道德底线，仍然会受到人们的钦佩。趋炎附势、奴颜媚骨、阿谀奉承，最为人所不齿，活在世上谁都瞧不起。

　　当今社会，趋炎附势的人多，避世的人多，敢于直面丑恶并与之斗争的人少。有的人遇到有利可图的事，就削尖脑袋往里钻，贪图一点便宜；有钱有权有势的人周围，天天都有趋炎附势的人聚集一堂，由于都是怀着一个"贪"字有求而来。所以，如此以利益为驱动的人际交往不可能有人间真情，因而出现了"富居深山有远亲，贫在闹市无人问"，即所谓世态炎凉是不足为奇的。

　　每个人都有欲望，也许有时你会为了得到提拔而绞尽脑汁地在领导面前表现自己的才能，也许有时你会对繁华的物质世界产生强烈的占有欲。或许，你也知道这些欲望的产生对你来说不是一件好事，但是由于终日忙忙碌碌而根本无暇思索这一切。但是当你能够静静地待一会儿时，不妨抓住这个机会，好好地反思一下自己的人生，你会感到一种从未有过的心灵的宁静。既然你不能摆脱这个尘世，那么你就应当学会经常地反思人生，始终给自己的心灵保留一块净土。

　　权势名利是现实生活中必然遇到的，但的确还有许多在权力、金钱面前，却依然保持高洁，不因权力而贪污，不因金钱而堕落的人，他们有人格，有原则，出淤泥而不染，视权势如浮云，即所谓"富贵不能淫"。 中国古代四大名著《红楼梦》的作者——曹雪芹，他不仅在文坛上享有盛誉，而且在人格魅力上也同样令人敬佩。

曹雪芹一生从不趋炎附势，而且对那些谄媚取宠的人十分憎厌。 在都统老爷的五十大寿的酒席宴上，他送去两坛水做的酒和一副对联。 对联上写着"朋友之交，淡淡如水"。 这是极具讽刺意味的礼物，他讽刺了都统老爷和客人们的虚伪，他们所谓的交情只不过是装出来的，是表面上的，他们的友情就像清水一样淡。 曹雪芹的人格实在令我们折服。

在现代这个社会上，维护自尊才是人的本能与天性，我们要活在自己的尊严里。 尊重自己，就要尊重自己的生命与价值。 也许一些人认为做人会"趋炎附势"才算圆滑，才算精明，才能获取最大的利益。 但是，尊重自己的人格的人，才能称得上是一个真正的人，才能真正实现自我的价值。

一次，法国电影明星洛伊德将车开到检修站，一个女工接待了他。她熟练灵巧的双手和俊美的容貌一下子吸引了他。

整个法国全知道他，但这位女工却丝毫不表示惊异和兴奋。

"您喜欢看电影吗？"他禁不住问道。

"当然喜欢，我是个影迷。"

她手脚麻利，很快修好了车："您可以开走了，先生。"

他却依依不舍："小姐，您可以陪我去兜兜风吗？"

“不！我还有工作。”

“这同样也是您的工作，您修的车，最好亲自检验一下。”

“好吧，是您开还是我开？”女工问道。

“当然是我开，是我邀请您的嘛。”

车行驶得很好。女工问道：“看来没有什么问题，请让我下车好吗？”

“怎么，您不想再陪一陪我了？我再问您一遍，您喜欢看电影吗？”洛伊德问道。

“我回答过了，喜欢，而且是个影迷。”

“您不认识我？”

“怎么不认识，您一来我就认出您是影帝阿历克斯·洛伊德。”

“既然如此，您为何这样冷淡？”

“不！您错了，我没有冷淡，只是没有像别的女孩子那样狂热。您有您的成就，我有我的工作。您来修车是我的顾客，如果您不再是明星了，再来修车，我也会一样的接待您，人与人之间不应该是这样吗？”

洛伊德沉默了，在这个普通女工面前他感到自己的浅薄与虚妄。

洛伊德最后很有礼貌地对那位女工说：“小姐，谢谢！您使我想到应该认真反省一下自己的价值。好，现在让我送您回去。”

一个人能否受到别人的尊敬，并不是由于他所处的地位和工作所决定。 这位普通女工之所以能赢得对方的尊重，就是因为她重视自己的工作与价值。 那些所谓的"大人物"之所以高大，是因为你自己在跪着，你仰慕他们头上的光环，却忽略了自己的生活与价值。

为人要正派，不要趋炎附势，充当墙头草，那样做人会失去尊严，会丧失自身的价值。

庄子曾说过："不为轩冕肆志，不为穷约趋俗，其乐彼与此同，故无忧而已矣。"这句话大意是说那些不追求官爵的人，不会因为高官厚禄而沾沾自喜，也不会因为穷困潦倒、前途无望而趋炎附势、随波逐流，在荣辱面前一样达观，所以他也就无所谓忧愁。 庄子主张"至誉无誉"，在他看来，最大的荣誉就是没有荣誉。 他把荣誉看得很淡，他认为，名誉、地位、声望都算不了什么。 尽管庄子的"无欲"、"无誉"观有许多偏激之处，但是当我们为官爵所累、为金钱所累的时候，何不从庄子的哲理中发掘一点值得效法和借鉴的东西呢？

不要畏惧，避免给自己设限

海伦·凯勒曾说："信心是一种心境，有信心的人不会在转瞬间就消沉、沮丧。如果一个人从他的荫庇所被驱逐出来，他就会去建造一所尘世的风雨不能摧毁的房屋。"的确，生活中那些有信心的人比没有信心的人更容易获得成功和快乐。

一天上午，巴巴拉老师让全班35名学生都拿出一张白纸，并在页眉处用大写字母写下"我不能"，然后叫学生列出所有他们不能做的事。例如：

我不能独立完成数学作业；

我不能只是吃一个冰淇淋蛋卷；

我不能做3位数以上的乘法；

我不能让卡比拉喜欢我；

……

在学生们都忙着列出自己的清单的时候，巴巴拉老师也在列举自己不能做的事。如：

我不能让吉米遵守课堂纪律；

我不能让威廉的父亲来参加家长会；

……

写完后，巴巴拉老师让学生们把写好的纸对折起来，放进讲台上的空盒子里。

收完后，巴巴拉把盒子盖好，然后把盒子夹在手臂下和学生们一起走出教室。下楼时，巴巴拉在杂物室里拿了一把大铁铲，然后领着学生们来到操场。

巴巴拉和学生们来到了操场最远处的角落，她面向学生们严肃地宣布："孩子们，今天，在这庄严的时刻，我们在这里集合，我们将把'我不能'全部埋葬。"

然后，她挖下了第一铲，学生们一个一个地接着往下挖，每位学生都掘起了满满一铲土。10分钟过去了，他们挖出一个大约1米深的坑。巴巴拉轻轻地把装满"我不能"的盒子放入刚刚挖好的土坑里。

巴巴拉转向学生，叫他们绕着"坟墓"围成一圈，手拉手，低下头。接下来，巴巴拉宣读了令每个人都难以忘怀的悼词：

"孩子们，今天我们相聚在这里，一起来悼念'我不能'。昨天它与我们同在，进入每个人的生活，有些人多，有些人少。不幸的是，它的名字无处不在，在每处公共场合都能听到，在学校、在商场、在公司、在政府大厅、甚至在总统办公室。

今天，我们为"我不能"提供一处安息之地，它去了，留下了它的兄弟姐妹们（我行，我会，我马上）。虽然它们不如"我不能"声名远扬、势力强大，但总有一天，在我们的帮助下，它们将写下世界上最壮丽的诗篇。

"愿'我不能'永远安息吧！愿在场的每一位孩子彻底摒弃'我不能'，珍惜生命，勇往直前。阿门！"

最后，巴巴拉和学生们用土将"坟墓"填满，回到教室，祝贺"我不能"从此离他们而去。作为庆祝仪式的一部分，巴巴拉用包装纸叠成一个大墓碑，用大写黑体字写上：

"我不能"

愿你安息

2002 年 5 月 26 日

从那个时候开始，这个纸墓碑一直挂在巴巴拉的教室里。只要有学生一时忘记，说了"我不能"，巴巴拉就会指指墓碑，学生往往马上会笑着改口。

生活中，那些喜欢自我设限的人最爱说的话就是"不可能"，在做事情之前，他们习惯告诉自己"不可能完成"，结果便真的没有完成，于是他们更加相信自己一开始给自己设定的高度。

如果一个人经常说"不可能"，这对他来说真的是一件很恐怖的事情，长此以往他本来可能做到的事情由于自己思想的限制，结果变成了不可能的事情。 这方面我们可以从心理学的角度上去考虑，每次你在说"不可能"之后去做事，你会感到压力小之又小，而另一方面，当你失败之后，你会告诉自己说"看，我早就说了不可能吧"，于是，你对失败的压力又大大减小了很多。 经常说"不可能"会让你逐渐放松对自己的要求，一个人，如果对自己的要求都放松的话，那么这个人不会有太大的作为。

假如你是一个只有 19 岁的穷大学生，连上学的钱都不够，能够在不偷不抢、也不从事任何其他非法的行动，而是完全凭自己的智慧在短短 1 年内赚到 100 万美元吗？

估计大多数人听到这样的问题，都会笑着摇头，说："绝不可能！"

如果再问一句："你相信有这样的人吗？"可以断定：还是会有不少人会摇一摇头，说："绝不可能！"

但是在现实生活中，大多数人认为"绝不可能"的事，真的就有人做到了。

这个人名叫孙正义，日本"软银集团"的创始者，一个被誉为"互联网投资皇帝"的人。全世界没有一个人，包括比尔·盖茨，能够拥有比他更多的互联网资产，他投资的雅虎等互联网资产，占有全球互联网资产的 7%。

这个身高仅仅 1 米 53 的矮个子男人，19 岁时就制定了自己 50 年的人生规划，其中一条，就是要在 40 岁前至少赚到 10 亿美元。如今这个梦想早已成了现实。

看看他是如何利用智慧赚到人生第一个 100 万美元的。

在制定人生 50 年规划时，孙正义还是一个留学美国的穷学生，正为父母无法负担他的学费、生活费而发愁。他也有过到快餐店打工的想法，但很快又被自己否定了，因为这与他的梦想差距太大。左思右想之后，他决定向松下学习，通过创造发明赚钱。于是，他逼迫自己不断想各种点子。一段时期内，光他设想的各种发明和点子，就记录了整整 250 页。

最后，他选择了其中一种他认为最能产生效益的产品——"多国语言翻译机"。但这时问题马上来了：他不是工程师，根本不懂得怎么组装机子。但这难不住他，他向很多小型电脑领域的一流著名教授请教，向他们讲述自己的构想，请求他们的帮助。

大多数教授拒绝了他，但最终还是有一位叫摩萨的教授，答应帮助他，并为此成立了一个设计小组。这时孙正义又面临着另一个问题：他手上没有钱。

怎么办？这也难不倒他，他想办法征得了教授们的同意，并与他们签订合同：等到他将这项技术销售出去后，再给他们研究费用。

产品研发出来后，他到日本推销。夏普公司购买了这项专利，并委托他再开发具有法语、西班牙语等7种语言翻译功能的翻译机。这笔生意一共让他赚了整整100万美元。

一个人只要开通"脑力机器"去解决问题，就能创造奇迹！而能创造这种奇迹，关键在于改变发问方式：将否定式的疑问——"怎么可能"变为了积极性的提问——"怎样才能"。

将思想聚焦在"怎么可能"的怀疑上，你就会对自己的智力潜能压抑，把可能实现的东西扼杀在摇篮之中。将思想聚焦在"怎么才能"的探索上，你的脑力机器就会开动起来，把各种"不可能"变为可能！

如果心中只想到事情为什么"不可能做到"，你永远都不可能把事情做好——因此，你应该集中注意力去想如何才能把事情办成。因为我们把自己给捆绑住了，所以说什么事情都"没有可能"。

当要解决问题时，如果问题的难度比较大，就会有很多人对自己说"绝不可能！"然后不再努力，最终放弃。

相反，一个杰出的人，总是通过改变自己的心态和发问方式，最终将"绝不可能"变为"绝对可能"。

石油大王洛克菲勒曾经说过："哪怕只有百分之一的希望，也值得你百分之百去尝试！"人生中 90％ 的失败都是因为自己打败了自己，之所以成功，就是解放了自己的心灵！

微处理器的发明者马西安·泰德·霍夫曾说过一番有意思的话："发明的能力之一恐怕是你要自以为能够发明。我记忆所及的最有意义的经历之一，就是遇到过一些成功的企业家，他们的设想并不一定比别人高明，不同之处仅仅在于他们有一股推动力去追求设想的实现。在我看来，推动力是比设想更重要的。我想这对于发明来说也是同样的道理。"

弗罗姆是有名的思想家和创造学家，他把创造力与无畏联系起来，在对一些创造力高的自我实现者进行研究之后，描述道："在我看来，要找出这一切之所以如此的原因，这多半要追溯到我的这些人物比较无畏的品格。他们显然较少有对文化的顺应态度，他们不害怕别人会说什么、会要求什么、会笑话什么。他们不需要依赖别人，因此也比较少受他人的影响，他们不害怕他人，也不敌视他人。可是，或许更重要的是自我实现的人不畏惧自己的内部世界，不怕自己的冲动、情绪和思想。他们比普通人更容易接受自我。这种对自己的深邃自我的赞同和认可，使他们更有可能敢于觉察世界的真正性质，也让他们的行为更有自发性。"

屠格涅夫是俄国的一位著名作家，他更是明确指出："……在一切天才身上，重要的是我称之为自己的声音的东西……重要的是生动的、特殊的自己个人所有的声调，这些声调在其他人的喉咙里是发不出来的……"

而有些人如果遇到一些问题，就产生"只能到此为止"的念头，或者认为自己已经到了"智能极限"，没有可能再向前进一步了。

很多的成功人士却与此相反，他们总是勇于向所谓"智能极限"挑战，变各种"不可能"为"可能"。

在做这件事情之前，首先他们不会问自己是否可能，而只是问自己是否完全尽力了——无论要解决的问题难度有多大，不要先说这是否可能做到。

事实上就是把"不可能"的戒律先放一边，而只想自己是否完全尽力，是否想尽了一切办法、穷尽了一切可能……

只有把意识的焦点对准解决问题，这样才能减轻解决问题的焦灼感，让你能沉下心来进行思考和创造，轻装上阵，就能集中心智去解决问题，这样也许会让问题得以很好地解决。

日本索尼公司在 20 世纪 40 年代末，所生产的录音机每台重 36 千克，不仅体积大，而且生产成本也高，价格十分的昂贵，市场销售很不景气。井深是这家公司的负责人，他决心把录音机的体积大大缩小，降低成本。

他亲自带领公司里最得力的技术人员住进横滨市的一个温泉宾馆，之后他向大家宣布了一条"军令状"：限 10 天之内拿出有效的解决办法来。

大家在开始时都觉得不可能，但是后来，大家根本不考虑可能不可能，反而夜以继日地全心钻研，只问是不是想尽了一切办法。一个个方案相继提出来了，又一个个地相继被否定了，接着就产生新的构想。10 天的期限到了，有效的解决办法也终于产生了。

索尼公司在不久便向市场推出了畅销全国的产品——磁带录音机。

芝加哥市区随处可见标着拉布罗夫名称的大厦。亚瑟·拉布罗夫是世界级的不动产商人，他的庞大事业的里程碑便是建造了世界上最著名的大街，他把购物中心注入了新生命而广受注目，他的长青广场，是使旧市区的自由企业复活的华丽购物中心。

他同时又是美术品收藏家，也是为了人类的幸福，把自己的财富捐献出去的慈善家。他在并不富有的家庭出生，完全依靠自己的努力攀上了顶尖地位。他卖过报纸、擦过皮鞋，也曾在五大湖的货船上当过厨子的下手。

他虽然贫穷，却怀着梦想与人生目标，积极工作。在成功者必备的条件之外，他还有着绝不放弃的强烈意志、对生命的热情、聪明的头脑以及积极的态度，他具有成功者的资质。

另一位芝加哥出身的著名成功人士是 W. 克勒蒙特·史丹。他早年的生活非常贫困，在南塞德卖报生涯中开始他的创业，据说他目前拥有 3 亿美元以上的财富。他也是博爱主义者，希望每个人都能发挥潜能，一生都奉献给启蒙活动。

他在自己办的杂志《成功》中谈道："不必理睬向你说不可能这些悲观字眼的人，然后提出好的方法来证明'那种事不可能'乃是谎言。 有数百万人在他们的人生中拥有能力却不能实现更高的目标，这是为什么呢？ 听到别人对他说'那种事是不可能的'，自己也就相信了。 并且未曾学习和应用'积极思考法'来振奋自己。 如果他们能有意识地树立积极的态度，周围纵然满是荆棘，也能在不侵犯他人权益的情况下，达到所有目标。"

记住 W. 克勒蒙特·史丹的这段话吧，它能够使你受益终生。

心态好，能帮你战胜困境

在生活中，我们经常会遇到困境。在困境中，有人烦躁不安，怨这怨那；有人平静如水，默默地寻找解决问题的方法。持前一种态度的人，往往无法走出困境；而持后一种态度的人，则能顺利地走出困境。

几年前，央视曾做过一期节目，一位叫杭平的挖煤工人被埋在地下，34天后竟存活下来了。在电视中看到杭平回答问题时的那种冷静，根本没有人会想到他只有26岁。如果他不冷静，怎么会想出那么多在地下保持生存的办法，怎么会想出用眼镜片去割牛皮带，用来充饥呢？可见，好的心态对处在逆境中的人来说非常重要。

有这样一个十分经典的案例：

一辆冷藏车送货到一家商场，司机停好车后，就和货主吃饭去了。一位搬运工人独自卸货，当他进到冷藏车厢后，门被风一吹，合上了。

等司机和货主回来，不见了搬运工人，他们到处找，结果在冷藏车中找到了他，可是他早已缩成一团死去多时了。

司机便成为谋杀嫌疑人，但是后来的调查结果显示，当时冷藏车的冷气根本没有启动，也就是说冷藏室里的温度是恒定的，不足以致人死地，而且司机与搬运工人之间没有任何利害关系。

经过专家鉴定，搬运工人是吓死的，冷藏室的门被风吹关后，他以为自己必然会被冻死，终于被恐惧击倒。

心理学家说，每个人其实都活在自我设置的情境之中，关键在于面对任何一种境遇，都需要与之相适应的心境去对待。对心境的选择不一样，在生活质量的反映上也不一样。有时候，良好的心态要比命运重要得多。换言之，心态好，一切都好。

从上面两个故事中，我们懂得了这样一个道理：与其在慌乱中寻找人生出路而没有结果，不如让自己的心平静，使浮躁的心灵沉淀下来。当心态好时，一切都会朝好的方向转变。如果在困境中更加急躁、慌乱，就会把自己置于更加危险的境地。

人的一生就像一趟旅行，沿途中有数不尽的坎坷泥泞，但也有看不完的春花秋月。如果我们的一颗心总是被灰暗的风尘所覆盖，干涸了心泉、黯淡了目光、失去了生机、丧失了斗志，我们的人生轨迹岂能美好？而如果我们能保持一种健康向上的心态，即使我们身处逆境、四面楚歌，也一定会有"山重水复疑无路，柳暗花明又一村"的那一天。而且，就现实的情形而言，悲观失望者一时的呻吟与哀号，虽然能得到短暂的同情与怜悯，但最终的结果是别人的鄙夷与厌烦；而乐观上进的人，经过长久的忍耐与奋争，努力与开拓，最终赢得的将不仅仅是鲜花与掌声，还有那饱含敬意的目光。

丢掉烦琐，拥有更大的生存空间

许多人都相信多就是好，想要更大的房子、更好的车子、更多的衣服与更多的钱财。但人的贪欲无限，人对物欲的需求是个无底洞，无论已拥有多少，都不觉得满足。简单生活的概念并不强调限制获得财富，而在鼓励人认清生活的真相。

简单生活并不是要人放弃一切，相反，其目的在于通过简化生活，使人生存的空间更大，生活得更自在。

拥有较少的东西意味着不需要花太多的时间来照顾、清理或担心这些东西。每买一样东西都意味着要付出更多，同时也使后期的付出增加，就像高价买得一栋有前后院的别墅，后期就有频繁的锄草与维修工作。

在竞争日益激烈的现代社会，生活节奏也变得越来越快，人活得越来越压抑，越来越没有自己的空间。工作上的事占据了我们生活的中心，而在工作之余可以稍微放松时，却又被电视、电影、电脑游戏、健身场所、娱乐中心所淹没，在看似忙碌的生活中，我们几乎没有了独处的空间。

丁菲在努力奋斗了十几年后，成了一个成功的作家、投资人和投资顾问。

有一天，她坐在自己的办公桌前，呆呆地望着写满密密麻麻事宜的日程安排表。突然，她意识到自己对这张令人发疯的日程表再也无法忍受下去了。自己的生活已经变得太复杂了，用这么多乱七八糟的东西来塞满自己清醒的每一分钟简直就是一种疯狂愚蠢的作为。就在这时，她做出了一个决定：她要开始摒弃那些无谓的忙碌，多给自己的心灵一点时间和空间。

于是，她着手开始列出一个清单，把需要从她的生活中删除的事情都排列出来，然后她采取了一系列"大胆"的行动。首先，她取消了所有电话预约。其次，她停止了预订的杂志，并把堆积在桌子上的所有读过、没有读过的杂志全部清除掉。她注销了一些信用卡，以减少每个月收到的账单函件。通过改变日常生活和工作习惯，使得她的房间和庭院的草坪变得更加整洁。她的整个简化清单总共包括八十多项内容。

丁菲深有感触地说：我们的生活已经变得太复杂了。在过去，从来没有像我们今天这个时代拥有如此多的东西。这些年来，我们一直被诱导着，使得我们误认为我们能够拥有这一切的东西，我们已经使得自己对尝试新产品都感到厌倦。许多人认为，所有这些东西让他们沉溺其中并且心烦意乱，因为它们已经使得我们自己失去了创造力。

因为受习惯的生活方式的影响，你每天有许多活动是不得不勉强去做的。追求舒适的习惯和烦琐的例行公事让你的日常生活落入浪费时间、浪费精力的陷阱，其实减少那些程式化的活动并不会因此减少快乐的机会。

"习惯驱使我们去做所有这些日常琐事。我们总是担心如果我们不去做，就会失去什么东西。其实，也许我们的确会失去什么东西，但是这没什么不好，我们还是好好地活着，而且活得更潇洒了。"

生活就像电脑的硬盘，琐碎的事情和物质的欲望如储存在硬盘上的文件，如果这样的文件过多，硬盘被全部占满，再储存重要的文件便没有了空间。而硬盘过满，电脑的运行速度也会大大减慢，甚至有死机的危险。

生活中有很多对我们来说并不是必需的东西，如果我们不停地追求这些可有可无的东西，生活空间就会被这些东西填满，内心也会被获得这些事物的欲望塞满，哪里还有空间容纳更重要的东西。看看那些在人类的艺术领域、音乐领域、科学领域做出过卓越贡献的人，像毕加索、莫扎特、爱因斯坦，这些人都生活在极为简单的生活之中，他们用简单的生活，赢得了更多的时间和空间，全神贯注于自己的事业，挖掘出内在的创造源泉。

让生活变简单代表着宁可选择租住一间便宜的小公寓，使每月有余，而不是拼命挣扎着要买一间大房子，变成房奴。吃得简单、穿得简单、生活得简单，总之，简化生活的主要目的就是让生活的空间更大，生活得更自在。

以车代步，导致四体不勤，身形日渐臃肿，只好又在周末休息时间花钱去健身，或买个昂贵的踏步机放在卧室里。但常因太忙或者懒惰，难以持之以恒：既然如此，为什么不干脆步行上班或骑单车上班，上楼时爬楼梯代替坐电梯呢？

丢掉烦琐，让生活变简单，这样我们才能拥有更大的生存空间，才能更简单轻松地走自己的人生路。

比尔·盖茨说过："如果你已经习惯了过分的享受，你将不能再像普通人那样生活，而我希望过普通人的生活。"的确，崇尚简单的人从来不与别人攀比什么，不会有意无意地炫耀自己，不去追求那些所谓的高雅和品质，而是安然地享受生活，享受人生。

崇尚简单的人即使有高贵的社会地位，也从来不显示自己的身份，从来不高高在上地对待别人，这是一种风度和修养。因此，即使我们取得了一些成绩，得到了一定的地位，也要始终把自己当作一个普通人，过普通人一样的生活，这不仅仅可以作为对自己的一种教诲，更是一种修身之道。

王永庆是台湾最大的集团——台塑集团的董事长，台塑集团下辖：台湾塑胶公司、南亚塑胶公司、台湾化学纤维公司、台湾化学染整公司、台旭纤维公司、台丽成衣公司、育志工业公司、朝阳木材公司和新茂木材公司等9家分公司，而且在美国还经营着几家大公司。

王永庆先生在台湾的富豪中雄踞首席，而在世界化学工业界，王永庆先生的台塑集团居"50强"之列，而且是台湾唯一一家进入"世界企业50强"的企业。

然而这位顶级富豪的个人生活却十分节俭，甚至到了我们普通人都难以置信的地步。他每天坚持做毛巾操，所用的毛巾竟有二十多年的历史。家里的肥皂也是要用完为止，即使剩下一小片，他也不会丢掉，而是将其黏附在大肥皂上继续使用。

他一般都在公司里吃午餐，从来不搞特殊化，吃的都是与一般员工一样的盒饭，他说他喜欢边吃边听员工的汇报。

招待客人时，王永庆也并不是到豪华大饭店里去大摆宴席，而是习惯在各分公司设立的招待所里设便饭招待。

大企业里的高层管理人员一般都配有轿车，但公司出于节约考虑，处长级和经理级都没有专车。并且一旦发现下属有铺张浪费的现象，就要严厉处罚。有一次，有一个部门主管人员公款请客人吃饭，一次就花掉了几万元（台币）之多，王永庆得知后很生气，让他自己掏腰包，还对他进行了重罚。

其实，对于王永庆这样的富豪来说，一掷千金根本就不算什么大事情，但是，他却能够不求奢华，过着普通人一样的生活。还有很多的成功人士都是这样生活的：巴菲特总是自己开车；衣服总是穿到破为止；最喜欢的运动不是高尔夫，而是打桥牌；最喜欢吃的食品不是鱼子酱，而是玉米花；最喜欢喝的不是名贵红酒，而是普通饮料。比尔·盖茨不喜欢穿名牌服装；不喜欢进出大酒店；出差不喜欢坐头等舱；逛街喜欢去小商店……真正的成功人知道不需要用奢华来衬托自己，人们赞叹的不是他们的外表，而是他们伟大的事业。享有"汽车大王"之美誉的亨利·福特，可谓是前无古人，后无来者，是他将人类社会带入了汽车时代，他也因此积累巨额的财富。但是，亨利·福特的生活却是一如既往的简朴。有一次，亨利·福特到英格兰去，他在机场问讯处找当地最便宜的旅馆。接待员看了看他——这是张著名的脸，全世界都知道的亨利·福特先生，就在前一天，报纸上还有他的大幅照片说他要来了。现在他来了，却穿着一件很旧的外套，还要住最便宜的旅馆。

接待员说："要是我没搞错的话，您就是亨利·福特先生吧。我记得很清楚，我看到过您的照片。"

亨利·福特先生说："是的，我就是亨利·福特。"

接待员非常疑惑，他说："你穿着一件看起来很旧的外套，要最便宜的旅馆。我也曾见过你的儿子上这儿来，他总是询问最好的旅馆，他穿的也是最好的衣服。"

亨利·福特说："是啊，我儿子是好出风头的，他还没适应生活。对我而言没必要住在昂贵的旅馆里，我在哪儿都是亨利·福特。即使是住在最便宜的旅馆里我也是亨利·福特，这没什么两样。这件外套，是的，这是我父亲的——但这没有关系，我不需要新衣服。我是亨利·福特，不管我穿什么样的衣服，即使我赤裸裸地站着，我也是亨利·福特，这根本没关系。"

是啊，世界上至今还没有一个因为奢侈而成功的人，所以，成功不在于你享受了什么，而在于你创造了什么。越是成功的人往往越喜欢过普通人一样的生活。

崇尚简单的人愿意使自己的生活普通化，愿意使自己的人生平淡化。他们减去了思想上的包袱，拿出来更多的时间去充实自己，思索人生的真谛，这样就更加的自信和快乐；他们放弃了对物质的过高奢求，不与别人攀比什么，也从来不会嫉妒别人，这样就更加安然地享受生活，享受人生；他们放下了做人的架子，和亲朋好友谈笑人生，这样就更加注重修身养性，他们的美德还会赢得别人的交口赞誉。

世界上没有绝对幸运的人

生活中，有的人总认为自己是不幸的人，没有在福利优厚的单位工作，没有做高官的父母，没有学习成绩永远第一的孩子……其实，这世界上没有绝对幸运的人。换言之，幸与不幸是没有标准的，它只是一种心态——无论在什么情况下，只要你觉得自己是幸运的，那么你就是幸运的。

反过来，遭受一点厄运就马上大呼不幸，那也只能让你感觉自己更加不幸。如果你把一点点的不幸置于显微镜下面，并且长时间地看着，你甚至会被自己看到的一切吓倒。不幸的感觉就会把你带进绝望的深渊而不可自拔。

一次，一位将军率船队在海上航行，途中遇上了暴风雨。一名士兵因是第一次乘船，所以吓得不停地狂呼乱喊，大哭不止，让船上的人几乎都受不了，因为这让本来并不担心的人们开始感到了恐惧。将军气恼地想下令把这名士兵关起来。

这时将军身旁的一位校官说："不要关他，让我来处理。我想我可以使他马上安静下来。"校官随即命令水手将那位士兵绑起来，丢入海中。那个可怜的家伙一被丢下海，立刻手脚乱舞，狂呼救命。过了几分钟，校官才叫人把他拉上船来。

回到船上后，说也奇怪，刚才歇斯底里大叫不停的士兵，开始静静地待在船舱一角，半点声音也没有。将军好奇地问这个校官何以会如此？校官答说："在情况转变得更加恶劣之前，人们很难体会自身是多么的幸运。"

显然，这位校官是位高明的逻辑学家，在他的手中，幸运就像球拍，而不幸则是球——只有"幸运的球拍"才能将"不幸的球"狠狠打出去。这种逻辑又像大海中一个落难的人，海难是不幸的，但怀中的救生圈却让他感到自己是多么的幸运，至于漂到哪里，甚至漂多久都不是问题，因为幸运永远在他怀中——他不会因为方位、距离的变化而失去救生圈。所以，即使遭遇海难，他也并不认为自己是不幸的，怀中的救生圈让他相信自己一定会获救。

从心理学的角度讲，无论你陷入什么样的艰难境地，都要想到，还有比这更不幸的，相比之下，我已经够幸运了。

如果总将自己置于幸运的基点上，会使你永远保持积极的、向上的心态。而积极心态是成功的动力。另外，如将大海比作死亡或地狱，对于那位惊恐万状的士兵而言，他无疑是到"地狱"走了一遭——如此"大难不死"的经历，让他觉得这世界已没什么可怕的事了，觉得回到船上是无比幸运的。由此可见，不幸也能给人带来好处，这就要看你用什么样的心态来看待它。

从辩证的角度讲：幸运中隐藏着不幸，而不幸中往往会产生令人羡慕的幸运者。古人有"祸兮，福之所倚；福兮，祸之所伏"的说法，正是此意。

道理非常简单：过多的幸运只会让一个人意志逐渐薄弱，根本经不起不幸的打击，一旦遭遇波折，只能怨天尤人。

　　不幸对于幸运儿而言无疑是灭顶之灾，无力抗拒。因为幸运儿习惯了幸运，在他们的生活中，只有一帆风顺、心想事成，他们不认为这也是生活的一部分。他们就像温室中的花朵，失去了抗击风雨的能力。而不幸对于那些经常遭受不幸折磨的人来说是家常便饭，常吃这种"不幸饭"的人，意志品质都是超强的。他们清楚地知道，人生不是风调雨顺的，幸运只是偶尔光临。幸运是有限的，不幸却是无限的。一个过早透支了幸运的人剩下的无疑是更多的不幸。这其中自有道理：因为你几乎经不起不幸的打击，一旦被击倒，你这个没经过不幸的"魔鬼训练营"调教的人就很难爬起。如此一来，更多的不幸就会劈头盖脸地砸下来。有时候，甚至别人看来不过是个小小的沟坎，也会成为你的生活中难以逾越的高山。

　　失败的不幸像多米诺骨牌，一旦倒下便不可收拾；成功的幸运却似流星陨石，轻易落不到你脚下。一个聪明的、有远见的人，一定会懂得正确对待幸运与不幸。

放宽心，别和自己过不去

生活中有这样一种人，他们对自己的要求很严格，或是希望所有美好的事情都发生在自己身上，一旦遭遇不如意，便抱怨、沮丧、焦虑、自我否定或是自我谴责。

小王是某销售公司的一名员工，整天多愁善感，遇到一点挫折就垂头丧气，总是怪自己太笨了。有时候确实是工作难度大了，有时候确实是事出有因，有时候是他对自己的要求太高，可他却不去考虑多方面的因素，只要一遇到不顺心的事，他就一个劲地埋怨自己，刚开始朋友还会去劝他，可一直这样。弄得大家也都没有了好心情和耐性，干脆都不去理会他的自责和不高兴。久而久之，他就感觉被人冷落了，甚至抑郁成病……

其实，生活中总是难免有烦恼，有时人生的烦恼，不在于自己获得多少，拥有多少，而是自己想得到的更多。

有时因为想得到的太多，而自己的能力却难以达到，所以便感到失望与不满．然后就自己折磨自己，说自己"太笨"、"不争气"等等，就这样经常自己和自己过不去，和自己较劲．小王就是一个这样的典型，他无法宽容自己，所以烦恼就比别人多。

人总有不顺心、不如意的时候，其实外在不是真正能主宰你的因素，真正能决定结果的是你自己。

比如你害怕别人说你胖，你千万次地看过自己后，决定节食减肥。面对餐桌上的诸多美食，你只能是闭着眼睛咽口水，忍受着饥饿的折磨。实在没办法时，只能是在美食面前选择逃避！几日后，身体可能是苗条了，听到了别人的赞美，可是只有自己最清楚，体质已经下降了！

人这一辈子不可能总是春风得意、一帆风顺，肯定会有许许多多不如意的事，说不定哪一天生活就会跟你开一个不大不小的玩笑，使你结结实实地撞上无情的"红灯"，或事业失败，或爱情失意等。这时候就得想开点，平淡地面对生活，多劝劝自己，千万别跟自己过不去。

如果你想不开，吃不下，睡不着，又有什么用呢，过多的烦恼和压力只会将你的心灵挤压得支离破碎。而且人体的各种器官在心情烦恼或怒火中烧的情况下会处于紧张状态，往往会引起失眠、神经衰弱等。若是长期处于忧郁状态，还会诱发其他心理疾病。

所以，人要学会对自己好一点，不跟自己过不去，要知道世上没有跨不过的沟，也没有趟不过的河，要想得通，放得下。

其实，静下心来仔细想想，生活中的许多事情，并不是因为你的能力不强，恰恰是因为你的愿望不切实际。要知道一个能力超强的人也并非具有做任何事情的才能，这样想时才不会强求自己去做一些能力做不到的事情。

在生活中，我们应该时常肯定自己，努力做好我们能够做好的事情，剩下的就交给老天吧！只要尽力而为了，心中也就坦然了，即便在生命结束的时候，也能问心无愧地说："我已经尽了自己最大的努力，我是无愧于心的。"

生活是多姿多彩的，活着就是要品尝生活的百味，所以，不要钻牛角尖，自己和自己过不去。

如果你觉得不开心，那就学会自己去寻找生活中的快乐。其实获得快乐的方式也很简单，比如早晨醒来睁开眼睛看着天花板，你可以用快乐的心去感受那纯净的白色；上午在窗前读一本文采飞扬的书，你可以用快乐的心去体味书中的感动；下午坐在摇椅上呼吸、冥想，你可以用快乐的心去触摸太阳的温暖；黄昏到楼下茶馆里去品一杯醇香的红茶，听一曲悠扬的旋律，你可以用快乐的心去迎接黑夜的来临；晚上给家人煮一锅又鲜又香的排骨汤，你可以享受到付出的快乐。

每个人活在世上都会遇到各种各样的事情，或喜或忧，或成功或失败，我们无从选择。但我们可以做到包容自己，不对自己提过高的要求，这样就能够调整好自己的情绪，从而获得身心健康。

做一个刚刚好的女子

在这个大千世界，有多少诱惑，试问还有谁能够出淤泥而不染？ 在花花世界里生活又有哪一个女人会安心，丝毫不动容？

《蜗居》里面的海藻，心灵简单、美丽出众，一直都是家人的掌上明珠，备受家人的宠爱。 就是这样一个清水出芙蓉般的女孩子，在上海这个繁华的大都市中，渐渐迷失了自己，禁不住金钱的诱惑，向往奢华的生活，在所有优越的物质面前，背弃自己的爱情，背弃自己的信仰，把自己原本清纯的心抛弃得一干二净。

想想不免为她有点可惜：这样一个清丽的女孩，禁不住奢华的诱惑，成为一个世俗女人，使自己变成一个可耻的第三者，插足了别人的幸福，毁了自己的同时也毁了自己的幸福，甚至一生。

再来看看这里面的台词： "真能让鬼来推磨的只有钱啊！四万还是'你妈'，六万就是'咱妈'了。 婚姻就是元角分。" 如此看来，当这个到处是金钱诱惑而又有很大压力的世界出现在面前，几乎没几个人能做到淡然处之。 于是很多人，就像海藻的姐姐海萍那样，在房子面前，一次次变得脆弱；像海藻那样，禁不住生活的压力屈服于金钱，一次又一次，直到彻底堕落，从前的清纯再也不会回来。

电视剧的最后，当她孤单地一个人到医院做检查，看到自己的前男友小贝陪着妻子同样去做体检的时候，海藻哭了。 她彻底失去了属于自己的东西，属于自己的爱情。她把自己的幸福亲手毁掉了。

诱惑面前，人的心理承受能力非常脆弱。现实的世界现实得可怕。而事实上，自己的改变才是最令人担忧的。如果一个人不能够坦然地面对世间的事物，盲目追求并不属于自己的幸福，就像海藻一定要争得那份原本不属于自己的爱情，或者如果一个人的眼睛被物质生活完全蒙蔽，心也布满灰尘，那么在这样复杂的世界里又怎么可能有一方净土让我们安身呢？让人怎么如明珠而不染呢？

忆涵，大学毕业之后，因为家庭条件不好，就很快到一家南方的小公司上班。公司不大，薪水不高，可是她心里很满足；过着简单的生活，舍不得买衣服和化妆品，但是忆涵毫无怨言。能帮助父母减轻负担她很高兴。

忆涵不算漂亮，但是有着清新纯净的容颜和瘦瘦弱弱的身体，给人一种人见尤怜的感觉。她对工作认真负责，从不张扬。和她一起来公司不久的小姐妹，都因为这样那样的事情和公司里的领导搞起了关系，她们都打扮得花枝招展浓妆艳抹，比较着谁攀的花枝高。渐渐地，她的同事们很快融入这个城市，谈吐也变得优雅。当她们发现身边的那个她还是一副学生的土样子的时候，纷纷嘲笑她。很快，她对大家来说就像空气一样被忽略了。

她却毫不在意，一直坚持自己，不像她们，为了金钱地位出卖自己的身体、灵魂和青春。

当年轻的经理凯瑞来到这家公司后，他注意到这个被人忽略的细节——忆涵。他注意到了别的女孩子都很时尚前卫，只有她与众不同，一眼就能看出，整套行头不过100块，但是简单、素雅、清丽。一问，她已经毕业两年，而她自身的清纯气质却丝毫没有改变。

凯瑞对忆涵表现出极大的兴趣。之后，他开始想办法追求忆涵，想要俘虏这个女孩子的心。在南方这个比较发达的城市，钱是最好的工具。凯瑞开始买很多的鲜花，各种各样的礼物，还要拿钱给她解决家里的困难。所有的女孩都觉得这是她上辈子修来的福分，可她却毫不动心，对凯瑞的好意她礼貌地回绝："对不起，经理，我不能接受你的好意。"

凯瑞很沮丧，也很好奇。这样自强的女孩子他以前没见过，于是暗中跟踪忆涵，发现了忆涵不同的生活习惯：她几乎没有出去逛街消费，也几乎一个季节都穿着同一套衣服；她不会去泡吧，在书店却经常能够看到她。

不逛街、不泡吧的女孩子已是少见，但现在还有几个年轻人经常去书店？凯瑞觉得见到了奇迹，一丝不曾有过的感觉在他心里萌动。于是，他深深地爱上了她。几年后，被凯瑞的真情打动，他们结了婚。

结婚的时候，凯瑞想起了当初，就问忆涵："当初对我的追求，你为什么要拒绝呢？对于那样的攻势换成是别人就不会拒绝。"忆涵淡然地说："小时候，妈妈告诉我，做个女孩子，一定要像明珠一样，要做到出淤泥而依然明亮。"

所以，作为女人，要经常提醒自己，"混于泥沙而不受污"的心境，才能不被人世间的尘埃所沾染，才能永远保持女孩原本的那份清纯，幸福的生活就会永远属于你。

我们都是凡人，大千世界的所有事情都会遇到，都会有这样那样的欲望和烦恼。我们也许不能脱离这些繁杂的东西，例如金钱、权力。可是当我们面对它的时候，要保持一颗平常心，不受它们所支配，得到不要张扬，得不到的也不去勉强，常怀一份淡泊的心态，那么烦恼就会离自己远去。

女人不容易做到对任何事都淡然处之，但是这样的女人最美丽。远离刻薄和庸俗，你会明白：什么是爱，什么是不爱；清楚知道自己应得的和不应得的。

做一个淡然的女人，去崇尚简单的生活，对于生活和社会要抱着宽容的心态，不苛求，使自己内心得到安宁。

从容宽厚的女人，有一种恬静的美，给人以宁静、简单的味道。做一颗混于泥沙而不受污染的明珠吧！做一朵出淤泥而不染的芙蓉吧！就会拥有自己的幸福人生。

做一个刚刚好的女子。

仇恨具有毁灭自我的力量

当人们受到不公平的待遇和很深的心灵创伤之后，自然对伤害者产生了仇恨心态。 一位妇女希望她的前夫和新妻的生活过得艰难困苦，一位男子希望那位出卖了他的朋友被解雇。 仇恨是一种被动的、具有侵袭性的东西，它像是一个化了脓的不断长大的肿瘤，使我们失去了欢笑，损害了健康。 仇恨，更多地危害了仇恨者本人，而不是被仇恨的人。

仇恨是带有毁灭性的心态，只会激化矛盾，让彼此都陷入痛苦的深渊。 仇恨的心态如同充足气的皮球，你用多大的力气踢它，它就用多大的力量回赠你。

一位画家在集市上卖画，不远处，前呼后拥地走来一位大臣的孩子，这位大臣在年轻时曾经把画家的父亲欺诈得心碎死去。这孩子在画家的作品前流连忘返，并且选中了一幅，画家却匆匆地用一块布把它遮盖住，并声称这幅画不卖。

从此以后，这孩子因为心病而变得憔悴，最后，他父亲出面了，表示愿意付出一笔高价。可是，画家宁愿把这幅画挂在自己画室的墙上，也不愿意出售。他阴沉着脸坐在画前，自言自语地说："这就是我的报复！"

每天早晨，画家都要画一幅他信奉的神像，这是他表示信仰的唯一方式。

可是现在，他觉得这些神像与他以前画的神像日渐相异。

这使他苦恼不已，他不停地找原因。然而有一天，他惊恐地丢下手中的画，跳了起来，他刚画好的神像的眼睛，竟然是那大臣的眼睛，而嘴唇也是那么的酷似。

他把画撕碎，并且高喊："我的报复已经回报到我的头上来了！"

这是印度大文豪泰戈尔的一篇名为《画家的报复》中的故事。这种仇恨的种子一旦萌芽，就会像洪水猛兽一般可怕。我们在心中怀恨、心存报复的同时，我们的身心也同样被这恶毒所折磨。一个心中常想报复的人，其实自己活得也并不快乐，因为他的精力几乎全用在想怎样报复这种不愉快的事上了，而且就算成功他也会有种失落与悔恨交织的情感。

古希腊神话中有一位大英雄叫海格里斯，一天他走在坎坷不平的山路上，发现脚边有个袋子似的东西很碍脚，海格里斯踩了那东西一脚，谁知那东西不但没有被踩破，反而膨胀起来，加倍地扩大着。海格里斯恼羞成怒，抄起一条碗口粗的木棒砸它，那东西竟然长大到把路堵死了。

正在这时，山中走出一位圣人，对海格里斯说："朋友，快别动它，忘了它，离它远去吧！它叫仇恨袋，你不犯它，它便小如当初，你侵犯它，它就会膨胀起来，挡住你的路，与你敌对到底！"。

不管我们的理由如何，仇恨总是不值得的。潜留在我们内心里的侮辱，永难平复的创伤，都能损坏我们生活中许多可爱的事物。我们被锁在自己的苦恼之渊里，甚至无法为别人的幸运而愉快。憎恨就像毒害我们的血液、细胞的毒素一样，影响、侵蚀着我们的生命。

头痛、消化不良、失眠和严重的疲倦等，是习惯憎恨的人常有的生理症状。一所医学院曾做过一次调查，报告中说，与心情较为愉快的人相比，心存仇恨的人更经常进医院。医务人员所做的试验显示，患心脏病的人常常不是工作辛劳的人，而是抱怨工作辛劳的人；最足以引起高血压的原因，莫过于外表好像很安静，内心里却被强烈的仇恨所煎熬。

仇恨甚至会造成意外事件。交通问题专家说："发怒的时候永远不要开车。"心里总是惦记着丈夫如何不懂体贴的女人，比起那些毫无杂念的女人，更容易在家里发生意外事件。

那么，怎样才能摆脱自己的仇恨心态呢？

1. 确定仇恨心态的来源

如果我们能反省，十次之中有九次就会发现其来源是自己。忽略自己的缺陷与弱点，乃是人之常情。在任何可能的时候，我们总会把自己的短处变成别人的错处，而后加以无以名状的憎恨。例如，在每一个离婚案件中，几乎很明显的，所谓无辜的一方往往并不如其所描述的那般无辜。

"这是很奇怪的现象，"心理学家说，"我们自己的过错好像比别人的过错要轻微得多。我想，这是由于我们完全了解有关犯下错误的一切情形，于是对自己多少会心存原谅，而对别人的错误则不可能如此。"

2. 忘记仇恨的事情

有理智的人并不仅仅把怨恨变为满足，他们还经常用新的梦想和热诚填进他们生活中的洼地。据心理学家说，我们不能同时拥有两种强烈的情感，既要爱又要恨，那是不可能的。大部分怨恨是以自我为中心的，要排除怨恨，就要忘记曾经不愉快的事情。

3. 学会帮助别人

在帮助别人之后，我们会发现在这个世界上，善意总是多于恶意。一所大学的研究结果显示，一种真正以友谊待人的态度，65％～90％的高比率是可以引起对方友谊的反应的。因此，领导此项研究的专家说："爱产生爱，恨产生恨，这句老话绝对是不会错的。"那么，我们就没有必要让憎恨耗尽自己的精力。

人与人之间避免不了因互相误解而导致仇恨，最好的方式是以宽容的心态将这种仇恨栽培成一盆鲜花，让自己心里开花才能让周围遍地开花。时间带走一切也考验一切，值得珍惜的是无限春光和快乐的果实，真正的友谊并不因误解、仇恨而变淡，反而因海纳百川的胸怀和气度而更加深厚。

让仇恨长成鲜花是一种智者大彻大悟的境界，也是人生快乐的源泉。

给情绪安一道闸门

现实生活中，这样的情况可能大部分女人都会碰到：本来只是一些鸡毛蒜皮的小事，在别人看来不以为然，放在她头上就成了不得了的大事。为此，经常损害朋友、夫妻之间的感情，同时本来能搞好的一些事情也被她搞黄了，甚至对个人的身心健康、事业成败都造成了极坏的影响。

怒气不亚于一座"活火山"，一旦爆发，伤害自己的同时更深深地伤害了他人。很多女人也懂得其中的利害，可是一碰到事情就无法控制情绪，一遇到不顺心的事就急躁易怒，容易冲动。

你是一个情绪化的人吗？你是不是总是把喜怒哀乐挂在脸上，并且动不动就随意发泄不快与痛苦呢？你是不是也会遇到下面故事中莉莎的情况呢？

莉莎是一个脾气暴躁、容易出现情绪波动的女人，哪怕一件小事也可能和别人拗起来。这样一来，她与别人的接触就变得尴尬了，在公司经常与人发生矛盾，男友也难以忍受她的坏脾气，和她分手了。终于有一天，连她自己都觉得整个人快要崩溃了。

她打电话向朋友詹森求救。詹森向她保证："莉莎，现在可能做起来比较难，但是只要经过适当的引导，情况就会慢慢好转的。你现在要做的第一件事是让自己安静下来，好好体会生活的宁静。"

听了詹森的话，莉莎休了一个假，让自己的心情放松下来，把以前那些烦人的事情先放一放。当她稳定了一段时间之后，詹森又建议道："在你发脾气之前，一定要想一想是什么东西触怒了你。

"你可以拥有两种思考，一种是让每件事情在你脑海里翻腾，另外一种是顺其自然，让思绪自由发挥。"说着，詹森拿出了两个透明的刻度瓶，然后分别装进了一半刻度的清水，随后又拿出了两个塑料袋。莉莎打开袋子，白色和蓝色的玻璃球充斥其中。詹森说："当你生气的时候，就在左边的瓶里放一颗蓝色的玻璃球；当你克制住自己的时候，就在右边的瓶里放一颗白色的玻璃球。最关键的是，现在你应该学会控制自己的情绪。如果你不试着控制自己的情绪，生活一团糟的情况还将延续。"

此后的一段时间内，遵照他的建议，莉莎严格执行。后来，在詹森的一次造访中，两个人把两个瓶中的玻璃球都捞了出来。他们同时发现水变成蓝色的就是那个放蓝玻璃球的瓶子。原来，这些蓝色玻璃球是詹森把水性蓝色涂料染到白色玻璃球上做成的，一旦水里放入这些玻璃球，染料就溶解进去了，水就变色了。詹森借机对莉莎说："你看，原来的清水投入'坏脾气'后，也被污染了。感染到别人的肯定是你的言语举止，就像玻璃球一样。当心情不好的时候，要控制自己。否则，坏脾气一旦投射到别人身上，别人就会受到伤害，并且很难回到过去，所以控制自己的情绪非常重要。"

　　莉莎后来发现，当按照詹森的建议去做时，她真的能把事情理出头绪来了。在此之前，她一定要发泄出来所有的不满和愤怒，许多麻烦就是这样造成的。

　　此后，有意控制情绪成了她的必修课。当詹森再次造访的时候，他惊喜地发现，溢出水来的竟是那个放白色球的瓶子！

　　莉莎越来越会控制自己的情绪了，慢慢地，莉莎已学会把自己当成一个思想的旁观者了。她能够很快发现不好的矛头，情绪失控的时候就及时制止。这样持续了一年，她逐渐能够控制自己的情绪了，生活因此而步入正轨，一位优秀的男士非常喜欢她，美好的生活又在向她招手了。

　　如果你也有和莉莎一样的问题，那学会控制自己的情绪就变得很重要了。

心态的作用

为什么有些女人总是很容易成功？ 钱赚得比别人多，工作比别人的好，人际关系左右逢源，身体也倍儿棒？ 而许多人忙忙碌碌最终却一事无成？ 其实，人与人之间没有那么大的差别，那些能够克服万难建功立业，获得成功的人只是比平常人多了一样东西而已。

这就是人的心态在起作用。 一位哲人说："你真正的主人就是你的心态。"一位伟人说： "要么你驾驭生命，要么生命驾驭你。 你的心态决定谁是坐骑，谁是骑师。"

可见，心态对一个女人的成功有着至关重要的作用。

心态划分为积极的心态和消极的心态两种情况。 任何事情都可以从不同的角度去理解，积极和消极是两个决定性的方向。 比如，两个业务员所持态度不同：天下大雨，有一个业务员想，刮这么大的风，下这么大的雨，我辛辛苦苦出去见客户，客户可能都不在；但另一个业务员却在想，今天这个坏天气，估计出门见客户的人会很少，这样，那个客户肯定有空，那对我而言可就是个时机了。 试想一下：哪个业务员更容易获得成功呢？ 显然是后者。

　　浅野一郎是日本的"水泥大王"，他年轻的时候和朋友一起到东京谋生。当时他们都身无分文，工作又无着落。这时，他们看到东京的街头有人在卖水，浅野非常高兴地说："连水都能卖钱，看来在东京生存发展很容易，我们要活下去不成问题。"可他的朋友却说："这是什么地方？连水都要钱，太残酷了！我看我们要活下去很困难。"

"连水都能卖钱"和"连水都要钱"，这是两种完全不同的心态，决定了两种完全不同的人生。而成功者，无疑是那个拥有积极心态的人。

著名女作家塞尔玛曾经只是个家庭主妇，她陪伴丈夫驻扎在沙漠的陆军基地里。那时，丈夫常常奉命去沙漠里演习，于是塞尔玛极度无聊地一个人待在家里。沙漠里天气异常热，就算找个阴凉处待着气温也不是人所能承受的。关键在于，她远离亲人，没有人和她说话、聊天，日子过得很寂寞。她非常难过，因此写信回家告诉父母说自己受不了这里的生活，想回家去。她的父亲寄回了两行字的回信，这两行字永远地留在她心中，也彻底改变了她的生活：

两个人从牢中的铁窗望出去，一个看到铁栏杆，一个却看到了星星！

塞尔玛反复读这封信，仿佛找到了动力。于是，她决定要在沙漠中找到属于自己的星星。她开始走出家门接触当地人，和他们交流当地的纺织、陶器工艺，而他们把自己最喜欢的纺织品和陶器送给她，这些都是一般观光客买不着的。塞尔玛研究那些顽强生存的仙人掌和各种沙漠植物，了解沙漠里的每一个可爱的生物。她观看沙漠中的日出日落，还寻找沙漠里几万年前海洋时期留下来的贝壳……终于，难以忍受的沙漠变成了塞尔玛的游乐场，她也因此成为研究沙漠的专家。

是什么使塞尔玛的人生发生了这么大的转变呢？ 沙漠没有改变，改变的是她的心态。 一念之差，让塞尔玛从自认为无聊的沙漠生活变成了一种探险与学习。 她为发现新世界而兴奋不已，并写下了《快乐的城堡》一书，成了那个在牢中看见星星的人。

一个人能否成功，关键在于他的心态。 成功人士与失败人士本质的差别是：成功人士有积极的心态，他的人生也是积极的；而失败人士总是被种种消极的情绪支配着，满脑子失败、疑虑、空虚、烦琐，如此悲观失望、消极颓废，则只能走向失败。

只有运用积极心态支配自己的人生，才能正确处理人生中遇到的各种困难、矛盾和问题。 而那些心态悲观、消极、颓废的人，从不敢也不愿去解决人生所面对的各种艰难险阻，他们唯一的办法就是逃避、退缩，失败也就成为必然。

所以说，良好的心态是女人改变命运、取得成功的秘诀，一个人能飞多高在于她的思想有多高。 因此，想要成功的女性一定要清醒地认识到心态在决定人生高度上的作用：

（1）你怎样对待生活，生活就怎样对待你；

（2）你怎样对待别人，别人就怎样对待你；

（3）在刚开始一项任务时，你的心态决定了你最后将有多大的成功，这是根本。

（4）成功与良好的心态相辅相成，你做得越好就越能找到最佳的心态，而你心理的、感情的、精神的环境完全取决于你自己的心态；

那到底怎样才能拥有积极的心态呢？

第一，选择好你的目标，你必须弄清楚自己做一件事到底需要达到何种高度。

第二，选择好能帮助你达成目标的信念。信念与态度本是因与果的关系，你拥有什么样的信念，就会产生什么样的态度。

第三，选择好你的焦点。做事需要一步一步地去完成，要将注意的焦点完全集中在你所要达到的那个目标上，千万不能三心二意，关注无关紧要的东西只会错失良机。

在一场篮球赛中，双方打成平手，最后2秒发球投篮决胜负。但是，球员失手了，他们的球队输了。比赛结束后，有记者采访这位投球的球员，问他投篮的时候在想些什么，他说："我当时一直在跟自己说，一定要投中，一定要投中。结果，球偏偏打在了篮筐上。"

其实，不是这个球员的技术有什么问题，而是他的心态，因为投篮那一刻他的注意目标不是"投篮"，而是"投中"。

第四，模仿成功者的态度。与成功者交朋友，成功的概率会更大。因为你可以学习成功者的态度、信念、习惯，这些能够帮助你奠定良好的成功的基础。今天，你所看的书、所交往的朋友往往决定了将来的你是什么样的。

敢于面对无法改变的事实

在人生的旅途中，每个人都不可避免地会遇到一些令人不快的情况。 我们不妨愉快地把它们当作一种既成事实加以接受，并且耐心地去适应它。 当然，你也可以选择焦虑来毁了自己的生活，甚至把自己搞得精神崩溃，忧郁而终。

荷兰首都阿姆斯特丹有一家 15 世纪的老教堂，在它的废墟上留有这样一行字：事情既然已经这样，就不会另有别样。

曾有人问一位没有左手的残疾人：少了一只手会不会很难过？ 那位残疾人说："噢，不会，我根本就不会想到它。 只有在要穿针的时候，才会想起自己没有左手。"

其实我们人类，在无法改变的情况下，几乎都能很快接受任何一种难以接受的情形，或让自己慢慢适应，或者整个视而不见，把它当作本来如此。

布思·塔金德生前常说："人生加诸于我的任何事情，我都能接受，除了瞎眼，那是我永远也没有办法忍受的。"

好像命运之神专和他作对，在他六十多岁的时候，他的视力开始急剧下降，有一天，他的左眼再也看不到光明了，同时，他的右眼看东西也极为吃力，常感觉有黑斑在眼前晃动。

他最恐惧的事情终于降临到自己的头上。面对这

"所有灾难里最难忍受的事"，塔金德自己都没有料到他还能非常开心地活下去，有时甚至还能借此幽默一下。以前，浮动的"黑斑"由于遮挡他的视线，总令他很难过，可是现在，当那些最大的黑斑从他眼前晃过的时候，他却会微笑着说："嘿，又是黑斑老爷来了，不知道今天这么好的天气，它要到哪里去。"

塔金德完全失明之后，他曾说："我发现我能承受视力的丧失，就像一个人能承受别的事情一样。要是我五种感官全都丧失了，我相信我还能够继续生存于自己的思想中，因为我们只有在思想里才能够看，只有在思想里才能够生活，无论我们能否明白这个问题。"

塔金德为了恢复视力，在一年之内接受了 12 次手术，这在常人是很难忍受的，在他必须接受手术时，他竟还试着使大家开心。"多么好啊，"他说，"多么妙啊，现代科学发展得如此之快，能够在人的眼睛这么纤细的部位动手术。"

普通人如果要在短时期内忍受 12 次以上的手术，过着那种生不如死的生活，可能早就被疾病折磨得奄奄一息了，可塔金德却十分乐观。 不幸教会他如何接受突发的灾难，使他了解到，生命带给他的一切他都能承受。 由此使他领悟了约翰·弥尔顿说的："瞎眼并不令人难过，难过的是你不能忍受瞎眼。"

如果发生的变故无论我们如何做也于事无补，这时我们可以尝试改变自己。 这是不是说，在碰到任何挫折的时候，我们都应该低声下气呢？ 当然不是如此，那样就与宿命论者无异了。 如果事情还有一点挽救的机会，我们就要争取。 可是当常识告诉我们，事情不可逆转——也不可能再有任何转机时，我们只能让自己接受既成事实。

珍子是日本人，她们家世代采珠，她有一颗珍珠是她母亲在她离开日本赴美求学时给她的。在她离家前，她母亲郑重地把她叫到一旁，给她这颗珍珠，告诉她说：

"当女工把沙子放进蚌的壳内时，蚌觉得非常的不舒服，但是又无力把沙子吐出去，所以蚌面临两个选择，一是抱怨，让自己的日子很不好过，另一个是想办法把这粒沙子同化，使它跟自己和平共处。于是蚌开始把它的精力营养分一部分去把沙子包起来。

"当沙子裹上蚌的外衣时，蚌就觉得它是自己的一部分，不再是异物了。沙子裹上的蚌成分越多，蚌越把它当作自己，就越能心平气和地和沙子相处。"

母亲启发她道：蚌并没有大脑，它是无脊椎动物，在演化的层次上很低，但是连一个没有大脑的低等动物都知道要想办法去适应一个自己无法改变的环境，把一个令自己不愉快的异己，转变为可以忍受的自己的一部分，人的智能怎么会连蚌都不如呢？

尼布尔有一句有名的祈祷词说："上帝，请赐给我们胸襟和雅量，让我们平心静气地去接受不可改变的事情；请赐给去改变可以改变的事情；请赐给我们智能，去区分什么是可以改变的，什么是不可以改变的。"

　　美国著名成人教育家卡耐基的事业刚起步时，在密苏里州举办了一个成年人教育班，并且陆续在各大城市开设了分部。他花了很多钱在广告宣传上，同时房租、日常办公等开销也很大，尽管收入不少，但在过了一段时间后，他发现自己连一分钱都没有赚到。由于财务管理上的欠缺，他的收入竟然刚够支出，一连数月的辛苦劳动竟然没有什么回报。

　　卡耐基很是苦恼，不断地抱怨自己的疏忽大意。这种状态持续了很长一段时间，他整日里闷闷不乐，神情恍惚，无法将刚开始的事业继续下去。

　　最后卡耐基去找中学时的生理老师乔治·约翰逊。老师说："不要为打翻的牛奶哭泣。"聪明人一点就透，老师的这一句话如同晴天一声雷，卡耐基的苦恼顿时消失，精神也振作起来。

　　是的，牛奶被打翻了，漏光了，怎么办？　是看着被打翻的牛奶哭泣，还是去做点别的。　记住，被打翻的牛奶已成事实，不可能被重新装回瓶中，我们唯一能做的，就是找出教训，然后忘掉这些不愉快。

刚刚好的女人要拥有良性的人脉网

中国人办事讲究人脉，刚刚好的女人办事更需要依靠人脉。许多成功的机遇就是因为没有好的人脉而流失，很多人甚至因此做了许多事倍功半的事情。如果说人际关系是成功的普遍法则，那么对于女性，这个法则更加适用。

讲人情是中国的历史传统，人们都看重彼此间的人际关系。在同等条件下谁优先，一般要看关系。不管这种现象是否合理，必须承认它是现实存在的，因此，想成功的人要正视它，研究它，应付它。这个过程可以是正确的、健康的，只要创造了好的人缘，你就拥有了成功的阶梯。

江海兰就是一个靠人脉成就事业的女人，其职业生涯令人深思。

江海兰刚刚参加工作时进了一家还算说得过去的企业——杭州当地某知名的民营软件企业，成了当时比较风光的 IT 人士，尽管她的主要工作是负责老板和销售部门的行政文件。她一开始只是一个普通的办公室文员，但两年后却成了知名大公司的总经理秘书，是老总的得力助手。三年后，江海兰又毅然放弃了总经理秘书的职位，成为当地最优秀的猎头公司的一员，专为职场人士作"嫁衣"。给江海兰带来成功的是她出色的人脉管理，而她的人脉圈则拥有无限的价值。

江海兰是一个有心人。她说："参加工作时最大的体会就是工作跟学习不一样了，很多事情自己都不懂。"江海兰意识到，那些大学毕业生的稚嫩和天真不能长期烙印在自己身上，要成功就要改变，要有高度的自觉意识，这恰恰成就了她作为职场新人的第一步辉煌。

跟其他的应届毕业生一样，刚出校门的江海兰朋友比较少，人脉圈子还是以同学为中心。不过，江海兰迅速地开发出了新的圈子。"因为我们公司是集团公司，所以我跟比自己早几年进来的其他部门的毕业生、公司同事几乎都能谈得来，而且我主动向他们学习、了解情况，交了不少好朋友，形成了自己在公司的同事小圈子。"这些为她的成功奠定了基础。

江海兰总是寻找着各种各样的机会向同事、领导学习，态度谦虚而诚恳，在此过程中，她的交际圈在不断扩大。后来，这种态度得到了办公室主任的高度赞赏，同时江海兰也得到了主任的悉心教导，理所当然地成了当时十几个同期进入公司的应届毕业生中比较出众的一位。

人都有感情，交流得多了，良好的人际关系自然就能建立起来。只有占据主动的位置，才能赢得人缘，找到拥有人缘的方法。只要与大家建立人脉，人人都愿意帮助你，你就能成为无往不利、所向披靡的办事高手。

优秀的人脉不是一日之功，而是积沙成塔、水滴石穿。要想在社会群体或工作环境中建立强大的人脉，首先要有长远的眼光。 不要事不关己高高挂起，而要主动帮助困难中的人们，在别人有事时不计回报，"该出手时就出手"，留下了好人缘，以后自然会有回报。 这是建立好人脉的第一个原则。

人情投资最忌讳"近利"，否则就是人情买卖，甚至和贿赂没什么区别。 对于这种情形，要么是被有骨气的人正色拒绝，要么是事情办完人情散，再有下次，就难上加难了。

靠个人力量以求发展，发展空间有限；唯有人脉网扩大了，与各方朋友结缘，发展才会永无止境。 一个女人一定要有良好的人脉，这是无形的、宝贵的资产，它可以让女人从贫穷到富有。 所以，刚刚好的女人绝对不会小视人脉的力量。

乐于助人修得好人缘

古往今来的先贤一再告诫我们：施恩不图报。如果你是为了得到报答才助人的，就失去了帮助人的意义，最终不会有人接受你企图不良的怜悯。刚刚好的女人一定也懂得这个道理。

有人说："帮助人是一种缘分。"刚刚好的女人要牢牢记住其中的深意：一个女人能力虽然不大，但只要肯帮助别人，就将受到人们的欢迎和拥戴。

一个人不能同时帮助许多人，但许多人可以同时帮助一个人，这就是助人为乐的回报。人与人之间的缘分都是共有的，大家彼此牵连，融合成一个社会。我帮了你，你帮了他，他又帮了我，这是最正常的循环。当有人需要你帮一把时，你只要伸手就会得到最好的回报，这是一种社会共有的缘分。

一个女人要想在人际关系上获得真正的成功，就要和别人推心置腹地打交道，用爱心感染他们。你只有在这种情况下帮助他，他才会感到人间的美好，对你感激不尽。

其实，通过帮助别人来赢得人缘是女人获取成功必备的技巧。当你想帮助某个人时，你要注意具体方法，做到具体问题具体分析，这样才能真正地帮助对方，使其对你产生由衷的感谢。

露西是住在华盛顿一个闹市区的单身女子。有一次，露西搬一只大箱子回家，因为电梯坏了，她必须自己扛着箱子上十二层楼。彼得是一个在别人看来游手好闲，偶尔还闯点祸的人，他看到露西累得汗流满面，于是想上去帮助她。露西开始并不相信彼得，以为他图谋不轨。尽管彼得费尽口舌，想说明他的善良用心，但却无济于事。露西拒绝了彼得，一个人将箱子从一层搬到二层后，她累得上气不接下气。需不需要彼得的援手呢？露西感到矛盾极了。最终，她转身去请求彼得的帮助，彼得轻轻松松地将箱子搬上了十二层。为了表示自己的真诚用意，彼得只将箱子搬到露西的家门口，坚持不进去。于是，露西对彼得好感倍增，两人成了朋友。一年后，他们踏上了红地毯。

要帮助别人，就要落到具体的行动上，不要只停留在口头上。帮助有两种：一种是随便帮帮，一种是一帮到底、做足人情。第一种帮助看似轻微，但它也能给人带来某种好处，因为随便帮帮不是真的随便，而是要在关键的时候伸出援手；第二种帮助才是真正的帮助，它能帮人彻底解决实际困难。

共患难的人才是可靠的朋友。很多人看起来人缘挺不错，新朋友一个接一个，但是当他陷入困难需要帮忙的时候，朋友一个一个都消失了。一位残疾人坐在三轮车上上坡，但因坡度较大，他费了很大的劲也没能上去。好心的你走上前告诉他该怎样用力，却不知道你唯一要做的就是推他一把，让他顺利通过这段道路。

如果想通过帮助别人来扩建自己的良好人脉网，就必须有一种坚持不懈的精神。很多人对待朋友很随意，一会儿好，一会儿不好，有需要就求人，没有需要就不理人。 这样做，终究不会有朋友。 做一件好事并不难，难的是一辈子做好事。

帮助别人时还应该注意，不要使对方觉得你是在施舍，那是一种负担。 帮助要做得自然得体，也就是说在当时对方或许无法强烈地感受到，但是日子越久越能体会到你的真心。 能够做到这一点是最理想的助人方式，这样的人会得到众人的敬重。

平时要乐于助人

有些女人平时待人不冷不热，有事了才想起去求别人，尽管又是送礼，又是送钱，显得分外热情，但效果未必好。

有一位美国女士很富有，可她的女儿得了一种致命的疾病，全国最高明的医生都无能为力。有一天，女士看到了一则一位瑞士名医要来美国讲学的消息，而这位医生恰好对她女儿的那种病颇有研究，这位伤心的母亲托朋友打探、联系，恳求名医帮帮她的女儿。这是她唯一的希望，但没有任何回应，因为那位医生的日程排得很满，几乎没有办法抽出时间。

一天下午，外面下着大雨。有人敲门，她极不情愿地打开门，看见一个男人，他又矮又胖、衣服湿透，样子狼狈。他说："对不起！我好像迷路了。您能允许我借用一下您的电话吗？"女士冷冷地说："很抱歉！我女儿正在生病，我不希望有人打扰她。"然后，她关上了门。第二天，女士在报上看到了那位名医做演讲的报道，她惊讶地发现，照片上的名医就是昨天敲门的那个矮胖男人！

在你每天遇到的人中，肯定有一些人对你的事业发展有所帮助，甚至能改变你的命运。 但是，这些贵人不会无缘无故地出现在你的身边，你一定要有所付出才能得到回报。 谦逊恭敬的品格、真诚待人的态度，使每一个和你有过一面之缘的人都称赞你，如此你就可能获得贵人帮助。 假如你始终保持着一份好意待人，转运的机缘就大多了，在你身边出现贵人的概率也将大大增加。

平时乐于助人，遇事自有人帮，这是不变的道理。

人的一生，虽然只有短短几十年，但人的境遇却是千变万化的。 古人曾说"三十年河东，三十年河西"，就是告诫我们不要忽视每个从身边走过的人，因为他们很可能就是我们未来的贵人。

有时你没有意识到，你曾帮助过的人会因为境况变好了而对你恩遇有加。 日后在你遇到难处时，他也会毫不犹豫地帮助你。

刚刚好的女人用诚信换取友谊

"诚信"不仅是衡量一个人人格和品质的标尺，更是一条交朋友的准则。女人不要给朋友乱开"空头支票"，否则会"死"得很惨。

在刚刚好的女人的交友秘籍里，待人接物的首要前提是诚信。人与人之间的相互信任是社会和谐稳定的深层基础。"人而无信，不知其可也。"孔夫子教导我们，一个人不讲信用，就不值得与之共事。有人认为，反正是朋友，这次没有遵守诺言没什么，殊不知"狼来了"喊多了大家就不会再信任你了，天长日久，你就会失去朋友。所以，刚刚好的女人立身处世要言而有信、说到做到。

某村妇女主任儿子结婚，准备盖一座新房，由于木料短缺，她便托了城里的一位朋友帮忙购买。朋友千方百计把木头买来，运到她的家里，但所花费用却比预算高了很多。妇女主任的儿子感到吃了亏，不想要。妇女主任却说："是我说的，不管什么价，弄来就行。君子一言，驷马难追。如果咱说话不算数，以后人家还会再帮咱们吗？虽然多花了几百元，但是能换来心安理得。"损失些钱财，换得了诚信，这笔买卖怎么算都是划算的。

此外，讲信义不仅仅指大事，在小事上也应该讲信义。比如约会，注意守信最重要，答应几点赴约就几点，绝对要守时。

树立自己的信义是一个长期的过程。没有谁会轻易信人，只有一次又一次地兑现诺言，才能慢慢地提高自己的信义度。所以，不要指望有一劳永逸的方法，更不要因为不愿打长久战而无故失信，这样会前功尽弃，甚至会使多年精心建造起来的信义毁于一旦。

刘芳菲为结婚置办嫁妆存了一笔钱。一次，她的一个朋友王丽来借钱，并向刘芳菲保证一定在她结婚之前归还。由于二人平时交往密切，关系不错，刘芳菲便爽快地答应了王丽。一年过去了，眼看刘芳菲婚期将近，可王丽还没把钱还来。刘芳菲只得上门催还，结果双方搞得不欢而散。从此，她们便不再往来，友谊也就此结束了。

刚刚好的女人与人往来，每一次信约都要认真对待，绝不能疏忽大意，因小失大。只有这样，才能将和谐友好的朋友关系维持下去。

从另一个方面讲，当朋友答应帮你办事时，也应该对朋友持信任态度。相信别人也是对人的尊重，不能一面让朋友帮自己，一面却隔三岔五地探听消息，这会让朋友很难堪。

年轻女作家韩静曾说过："自以为是纯纯的我们，其实是蠢蠢的我们。在这个大家都在忙碌的年代里，居然妄想朋友一听见你的要求，就抛下自己手上的事务不去处理而特别为不在他眼前的你去奔波？"

韩静的话不无道理，但最近发生的事情却改变了她的看法。

四个月前，韩静到上海时遇到一个朋友。她听说韩静要找一件东西，自告奋勇地对韩静说："我来帮你找。"韩静没有把这事放在心上，依然做自己的事情去了。四个月后，她再次到上海，恰好又遇上这位朋友。她很兴奋地对韩静说："上回你要找的东西，我已经找到了，但是却找不到你的联系方式。"一个认识了二十多年却见不上20次的朋友能这样热心地帮助自己，韩静实在是没有想到。这些年，每次回到上海，她从来没有想过给她打一个电话，甚至都不曾在过年过节的时候寄一张卡片问候。

韩静的嘴巴张得老大，讷讷不能言。她以为所有人都是"答应不表示办到"，但事实证明了人们的悲哀，我们已经渐渐习惯了相互不信任。

不管承诺者还是被承诺者，都应该彼此信任，并对自己的承诺负责。如果事出有因，不能够给予承诺，一定要诚恳地致歉。西方政客们常常在选举前许下各种诺言，一旦当选了，却又倒行逆施，将人们的信任抛之脑后。如果朋友之间采用政客的这种态度，试想，还有谁会相信你，还有谁会真心帮你？

人脉，女性后天修炼的第一课题

现代社会竞争日益激烈，女性和男性相比毕竟势弱。 站在同一起跑线上，女性多少要吃亏。 但是，尽管女性没有男性那样健壮的身体和强大的力量，也依然可以在社会这所学校里通过后天的修炼铸就自己成功的人生，成为当代杰出的女性。

人脉，就是成功女性后天修炼的第一课题。 通过这种修炼，她们可以学会怎样承受压力，怎样勇敢地面对困境，让浅薄和叹息离自己远远的，不再有厄运的阴影，勇敢地迎接风雨。

出生于中国北京的曾子墨外表纤弱温柔，但却用她的美丽与朝气成为人们口中的"一个强有力的女孩"。之所以说她强有力，是因为曾子墨曾在不到 4 年的时间里为摩根士丹利投资银行主持过近 7000 亿美元的企业收购和兼并项目，这可是美国华尔街最著名的投资银行。面对众多世界顶级企业巨头，她笑谈风云，用自己充满精确逻辑的头脑创造着历史。1998 年回国后，她又加盟凤凰卫视，与企业家讨论天下财经大势，银铃般的声音让人折服。

无疑，曾子墨堪称时代的骄子，年纪轻轻就获得了令同龄人望尘莫及的成就，充分显示出了她的能力。但是，这种成功不是随随便便就获得的，她背后的辛酸又有谁知道？

1992 年冬天，中国人民大学国际金融系一年级的学生曾子墨以优异的成绩获得了达特茅斯学院的全额奖学金。就这样，曾子墨带着全家人的希望、朋友的祝福和同学们的羡慕，只身一人前往美国达特茅斯学院经济系读书。

然而，异国的生活并不容易。初到美国的曾子墨，学习、生活都陷入了困境：同寝室的女同学吸毒，半夜三更宿舍楼里会有大呼小叫的宣泄声，男同学们动不动就在草坪上裸跑以庆祝不起眼的小事。这些让骨子里满是中国传统道德文化的曾子墨苦恼不已，她只好退出了这里的"主流社会"，一个朋友也没有，变成了"孤家寡人"。

在学校的食堂里，曾子墨度过了到美国以后的第一个生日。当她读着爸爸的来信，看到父亲那熟悉的笔迹时，泪水"刷"地流过她的面颊。曾子墨明白自己不能这样下去，她要改变，要用自己的方式开打新的世界。

曾子墨是一个聪明的女孩，后天的努力改变了她孤军奋战的局面。

由于曾子墨每个学期都能交出近乎完美的成绩单，微积分甚至是全班第一，渐渐地，这个含蓄安静的东方女孩成了美国同学眼中的一个谜。他们认为她聪明、漂亮、孤傲，想接近她又怕遭到拒绝，因此，只与她若即若离。为了改变这种状况，曾子墨从主动在学习上帮助其他同学开始，与大家近距离沟通。经过四年的努力，曾子墨为自己在老师、同学之间培养了很多人脉。也正是因为这些人的帮助，曾子墨顺利地走进了摩根士丹利投资银行。

进入摩根士丹利投资银行后，曾子墨依然保持着人际关系的修炼。她要让整个银行的人都喜欢自己，愿意帮助自己。在大家的鼎力相助之下，曾子墨只用了半年的时间就取得了惊人的工作成绩；而且在她为公司创造的收益面前，上至公司老总，下至同事都对她刮目相看，喜欢不已。就连公司主要负责人也开始考虑重点招收中国职员，并断言说："相信其他的中国人也会像子墨这样棒！"这一切让曾子墨无比的骄傲和自豪，她自己终于也有了可以影响他人的人脉关系了。

后来，曾子墨因工作需要来到香港，在与凤凰卫视的负责人接触的过程中又编织了新的人际网络。不久，凤凰负责人向她发出了邀请，希望她能加盟凤凰卫视中文台。尽管曾子墨在主持方面从未受过训练，但依靠优秀的人脉资源，3个月后，她成了凤凰卫视的财经主播，并把自己的专业和兴趣完美地结合在了一起。

坚定的判断力、专业的财经知识、敏锐的意识触角、高度的社会良知，这就是曾子墨成为一名出色的财经女主播的基础，她为此获得了多方面的赞誉。但她却说，自己能取得今天的成绩，要感谢一路上帮助过自己的朋友们。

人脉是一笔宝贵的财富，这句话没有错，关键看我们如何在人生的道路上运用这笔财富。如果运用得好，获得人生的成功就会更加顺利；反之，则会让自己碌碌无为地度过此生。作为一名成功女性，曾子墨若不是出色地运用了成长过程中的人脉关系，如何能收获如此美丽的人生呢？

多交朋友，增加人脉储蓄

朋友是办事艺术中不容忽视的环节，正所谓朋友多了路好走。一个人成功的道路有多宽，完全取决于有多少朋友，因为有多少朋友，就打开了多少扇办事的方便之门。常言道，多一个朋友，多办一件事。所以，女人一定要有广大的朋友群，积蓄丰富的人脉关系。

除去环境、机遇和个人能力等因素，世界上有很多女人之所以能获得成功，多是因为她们能处理好人际关系，特别是善于结交朋友。

金喜善是"韩国第一美女"，近年来在全亚洲可谓家喻户晓，同时她也被称为"广告片女王"。这是因为金喜善平日广结善缘，不但在业内拥有了很多好朋友，而且在商界认识了许多高人，从而不断开拓自己的事业道路。

后来，金喜善与成龙合作的《神话》大获成功。在胜利的喜悦之余，金喜善利用成龙在中国的号召力将自己的人脉扩展到了中国。这样做，无疑为她开拓中国市场甚至全亚洲的市场带来了巨大的帮助。

朋友多了，路子广了，办事情就得心应手，事半功倍；反之，即使费上九牛二虎之力，恐怕也没什么效果。

女人要想在社会上办成事，拥有人脉关系至关重要，这种人脉关系甚至比男人的关系网更复杂。朋友多，在社会上的办事效果就好，社会评价也就高，即使求人办事也不会遭遇冷面孔。所以，一个人朋友的多少，能直接反映出他在社会上的办事能力和水平。

景卉毕业于一所重点大学，在校期间，她和同学们相处融洽，结交了很多好朋友。

景卉毕业以后就与朋友合作创办了一家公司。刚开始的时候赚了一些钱，景卉把这些钱投资到一个自己很看好的项目上。但没想到资金效益十分缓慢，公司的资金周转出现了问题。正当景卉抓耳挠腮的时候，闻知消息的同学们纷纷倾囊相助，帮助景卉渡过难关。最终，这个项目让景卉收获颇丰，而她也不忘给老同学们送去礼品表示谢意。

这就是人情储蓄为她带来的好处。如果换做一个自私自利没朋友的人，这道坎恐怕就过不去了。

朋友多就是人缘好、人缘广。如果你有广阔的人缘关系，那就相当于一笔不可估量的无形资产，有助于事业的顺利发展。因此，人缘好不只体现了你个人社交的魅力，更体现出你办事的资质魅力。

按照下面的几点建议去做，女人们的朋友会越来越多。

（1）主动了解对方的兴趣爱好，这样才有可能结交到朋友。你可以通过多种方式得到他们各个方面的信息，平时相处时多观察了解，向共有的朋友打听询问，浏览他的个人博客等。

（2）人与人的交往中会出现一些交际的好机会，哪怕是一起吃顿饭，看个电影，都可以拉近彼此间关系。多一些有益的朋友，有可能会转变你的一生，关键时候有朋友帮忙，将会促成事业的成功。所以，要时刻留意结交朋友的好机会。

（3）结交朋友不仅要把握机遇，同时还要创造机遇。不能傻傻地等朋友上门，如果你想和刚认识的朋友进一步发展关系，不妨请他们到家里做客。人与人之间接触多了，彼此间的距离就近了。所以，一定要找机会多和别人接触。

体味鼓励的力量

　　每个人都希望他人能够关心和帮助自己，哪怕这种关心只是一句简短的问候。大家可能都有过这样的体会：被人关心和帮助的时候，心里总会产生感激之情。由此可见，一个女人对别人的关心和帮助更加有助于消融别人心中的沮丧和烦恼。

　　需要被关心是人类正常的感情需要。当你关心别人时，不仅满足了人们对关心的需求，而且会让他人心中充满感恩之情。如果你从来不去关心和帮助别人，这在道德方面是对自己的一种伤害，会为自己埋下一种潜在的危机——当你同样需要别人的关心和帮助时，将无法顺利得到；当你处于困境的时候，别人也不会热情上前。

　　任何情况下，我们都应该从心里对别人的观点有足够的重视。与别人相处的时候，我们最好做经常性的换位思考："对方为什么要这样做？""如果我是他，我将会如何呢？"这样，在人生的道路上，我们就能避免许多误会，从而更加顺畅，获得众多的友情。

　　有一位德高望重的人曾经这样说过："每次拜访别人之前，我都会花两个小时研究对方的性情，想到与对方说话时最合适的言辞。直到自己把一切都想清楚了，才去登门造访。否则我宁愿不见面，或者临时返回。"这的确是拥有丰富阅历的人的一种经验之谈。

　　在和别人的谈话时，要尽量放慢语速；表达看法或建议、要求的时候也应该如此，这样可以让对方感觉到你的稳重和值得信赖。如果语速太快，会被别人认为轻浮。即使你理由十足或者必须要表达某种观点，也应该轻声说出来，这样比较容易让人相信和接受。

美国有一家公司，专门生产精密仪器和自动控制设备。公司初建时，曾碰到过很难的技术问题，如果不能及时解决就会影响企业的生存。有一天晚上，正当公司总裁在办公室为那个难题不知所措、愁眉苦脸时，一位技术人员闯了进来，告诉了总裁解决难题的方法。听完之后，总裁很欣赏他，立即在言语上对他进行了鼓励。即使这样，这位总裁仍然觉得不足以表达自己的心情，于是，他在抽屉中翻了好一阵子，最后才找出了一根香蕉并躬身递给了技术人员，说："很抱歉，现在只有这个了，这是我所能找到的唯一的奖品了。"而此时技术人员却大为感动，因为他已经得到了上级的认可。

难题解决后，公司摆脱了困境并迅速发展壮大起来，同时，这种奖励也在公司之后的发展中成了惯例。凡是有技术人员攻克重大技术难题的时候，该公司就会奖给他一只香蕉。当然，这不是真的香蕉，而是一只金制的香蕉形别针。

混沌理论上说，任何微小的变化都可以在微妙环境中生存，只要它依然在变化，就可能会发生巨大的改变。同样，鼓励也可以"传染"给他人，当你受到别人的鼓励时，肯定会有一个好心情，心情变好了，你就会继续对别人报以微笑，这就是对别人的鼓励了。 所以，如果你渴望得到更多的鼓励，那就大方地去鼓励别人吧，只有这样，才可以形成鼓励的链条，才会改善人与人之间的关系，那么，一个宽松友爱的环境自然就被创造出来了。 有时候，鼓励虽然只有简单的一句话，但是很有可能让人重新评价自己的信心和能力，重新审视并注意自己所要完成的任务。

1823 年，在威尔士一户穷困潦倒的农户家里，有一个瘦小的女婴出生了。她的降临并没有给父母带来新生命的喜悦，而是让本来就愁眉不展的父母更加苦恼，因为家里已经没有东西吃了。更让父母愁苦的是，当女孩长到两岁时，左脸上竟然长出了一颗黑痣，差不多有指甲大小，这让本就不大好看的女孩子变得更加丑陋了。

女孩慢慢地长大了，但她有严重的自卑心理，而且很忧郁，因为家人和邻居们总是向她投来歧视的目光，她经常一个人望着远方发呆。女孩子只念了四年书，就去了一家农场打工，这些都是父母的安排，因为他们不喜欢她。女孩默默地服从了父母的安排。在农场，每当休息的时候她就会躲到一个角落里拼命看书，贪婪地吸收着书中的各种知识，似乎只有这样，她才能忘却生活中的烦恼。如果不出意外，她会像许多贫苦农家的孩子一样，默默无闻地走完凄苦的一生。

可是"意外"发生了，从此，这个女孩的一生都发生了改变。女孩 13 岁那年，有一天，她正在草垛旁聚精会神地读书，一位大哲学家出现了，他对身旁的人赞美那个女孩说:"这个小女孩将来一定会很有出息,因为她双目有神,心智非凡,并且她的脸上有一颗幸运星。"

哲学家说的并不是真话,他只是觉得小女孩太苦了,因此想鼓励一下她而已。没想到他的话像一块巨石掉进水里,在女孩的父母和邻居中激起了千层巨浪。他们不约而同地开始仔细观察起这个女孩来。于是,奇怪的事情发生了——女孩子开始变得美丽起来。众人还到处搜寻旁证来验证哲学家的话,他们发现,这个女孩的确与众不同。女孩的父母也深受众人的鼓励和赞赏,他们不再讨厌自己的女儿,因为他们知道,那颗黑痣是智慧的象征。

接下来,女孩子的世界变了——她被一个大农场主认作干女儿,从此,她们一家走出了贫困的阴影。女孩被小镇里最好的学校邀请,他们免费接收她入学,并为她提供最好的学习条件。女孩越来越自信了,她完全被包围在了大家的羡慕和激励中,她的学习成绩很好,各种能力都表现得出类拔萃。随着年龄的增长,女孩脸上的黑痣也有一点扩大,但这并没有妨碍她得到许多英俊男孩的爱慕,从前的丑小鸭已经不见了,取而代之的是一只美丽的白天鹅。后来,幸运的女孩顺利地考入了剑桥大学并获得了博士学位。毕业后,她成了爱丁堡大学当时最年轻的著名女教授和有影响力的社会活动家。再后来,她做了伦敦市的市长助理,步入了政坛。

女孩卑微的出身和凄惨的童年早已被人们遗忘了,人们把更多的敬慕和赞赏投给了一步步迈向更大成功的女孩。然而，非常不幸，在 35 岁那年，就在女孩马上要被提名为英国皇家科学院院士时，她却突然病逝了，这让许多人不禁为她扼腕痛惜。

女孩的死因被医生道出，原来是那颗象征智慧的黑痣发生了癌变，癌细胞夺去了她的生命。这就是圣安·玛丽娅富有传奇经历的一生。她去世的时候，没有人在意那颗黑痣到底是什么，人们只知道，这个女孩子拥有上帝赐予的智慧和才干。

一颗黑痣竟然因为一句不经意的鼓励而改变了一个女孩子的一生，这就是鼓励的重要性，它可以赋予一个人神奇的魔力。

心理学家认为，鼓励之所以能产生这么大的效果，是因为低落的情绪会影响人们的行为，情绪越低落，行为越迟缓，无论是工作还是学习上都会更加消极。坏情绪可以让一切事情都变得很糟糕，从而让你进一步产生无能感，陷入更低落的情绪之中。如果在一个人情况不好的时候给他一句温馨的鼓励，他就会产生新的信心，重新审视自己的生活和工作，情绪也会自然而然地被提升，大脑的活动水平也会提高，消极也会被积极取代。所以说，只要给一个人一句温馨的鼓励，就能改变他的低落情绪！一位哲人曾经说过："如果你不想冒犯一个人或是让他反感，那么就去鼓励他吧，这是一剂良方，它可以帮助你使对方做你想做的事。"

你有多少可以嫁个好老公的资本

《诗经》里面有言："窈窕淑女，君子好逑！"然而，在当今的社会里，越来越多的女性待字闺中，迟迟找不到那个能与自己牵手一生的男人。

有一些女性，虽然长得漂亮，工作体面，但婚姻却总是遥遥无期。究其原因是她根本不知道自己想要什么，对自己没有清楚的了解。

　　33 岁的杨杨在公司中做文秘工作，不仅青春靓丽，而且温柔贤惠，但她挑选男朋友的眼光很高。让她没想到的是，那么多男人都曾追求过自己，可当自己过了 30 岁以后，那些人反倒看不上她了。再等下去，也不一定能等到自己想要的那个人，最后她没有办法，又加之心里着急，便和一个很平庸的男人结婚了。

女人的漂亮是取得成功的先天资本，和杨杨一样的女人天生就有一种资本，这种资本在男人眼中叫作"姿色"。所以，女人的姿色越出色，在婚姻市场中就越抢手。

现在的婚姻中，男人似乎越成熟越吃香，女人则越年轻越有魅力。一个老男人娶了一个年轻小姑娘的现象已经越来越普遍了，却很少有年轻小伙子愿意娶一个老女人。虽然在喊男女平等，但是其实还是不平等的。

人们常说的"嫁人要趁早"是有道理的。到了 30 岁之后，这个资本的优势差不多已经不存在了。所以，杨杨的错误就在于她把自己的青春资本浪费了，没有好好利用，导致自己在婚姻市场上处于劣势。

其实，并不是女人长得漂亮就能拥有一个完美的婚姻，也不是那些婚姻失败的女人都相貌平平，在婚姻的选择上，智慧、学识、性格等是漂亮以外的资本。

故事中的杨杨错就错在不去开发自己的其他资本，一直死守着自己的漂亮。刚刚好的女人既知道如何将自己的资本最大化，也知道要努力去开发新的资本。

实际上，哪怕杨杨真的只是相貌平平也没有太大关系，关键在于她要懂得通过后天努力来弥补自己的先天不足。后天努力得来的优势是一种"后发优势"，那些婚姻成功的女性不一定都拥有上好的先天优势，只不过她们明白"后天优势"的重要性，不但把自己经营得很好，而且把婚姻也经营得很好。

幸福既不是从天而降的，也不是与生俱来的，每个淡定的女人都知道这个道理，幸福是需要靠后天的努力和正确的选择才能获得的。当当网的女总裁俞渝就是这样的一个女性。她虽然不漂亮，但是她懂得培养自己的才干、聪明、个性等其他资本。并不是每一个男人都只喜欢女人的脸蛋，那些真正成功的男人所喜欢的正是女人的智慧。俞渝正视自己所没有的资本，挖掘自己潜在的资本，成功地使自己的资本最大化，因此她得到了幸福。

没有哪个人能在诞生之初就拥有人生全部的资本，不管是男人，还是女人。要想拥有资本，女人就不能等着天上掉馅饼，而是需要自己主动争取、主动培养、主动修炼。每一点资本都是一块敲门砖，可以敲开幸福的婚姻之门。只不过，有一点需要注意，那就是学会鉴别，知道哪些男人适合自己，哪些男人终会与自己擦肩而过。

当你的白马王子还没有出现的时候，你自己到底有多少资本呢？要怎么运用才能得到最佳的效果呢？你要学会审视自己，学会看清楚自己到底有什么资本。

如果你年轻漂亮，有好的形象资本，那就去找会欣赏你的美丽的男人；

如果你有满腹的学识，知识渊博，但是不漂亮，那就去找一个喜欢充满书卷气女人的男人，而不是去找一个只爱美貌的男人；

如果在生活中你是一个充满情趣的女人，那你需要寻找的男人应该是有独特品位的，而不是喜欢高学历女人的男人；

如果他是一个喜欢个性鲜明的女人的男人，你就别想用乖巧顺从让他认可你。

总之，你要知道他喜欢什么类型的女孩，自己懂得去扮演好这个角色，再适当地满足他的需要，这样就能找到自己需要的男人了。

当你梦寐以求的白马王子出现的时候，胆要大、心要细，要懂得适当地展示自己的资本，让他拜倒在你的石榴裙下！你可能会问这样的问题：这样有胆有谋有眼光有心计的女人，还用得着去培养自己的资本吗？

人生总是需要有很多资本来应付一些问题，女人无论在什么时候，都不能失去自己的资本，就像孔雀不能失去漂亮的羽毛一样，谁会去看一只没有羽毛的孔雀呢？这是人类的绝情。然而，男人更绝情，当女性有一天不能满足他的时候，他就会另寻他欢。什么是世界上最大的奢侈品呢？答案是：爱情。

每个女人都不能丢失自己的资本，而要努力使自己的资本增多，越多越好，它就像是你赖以生存的技能。

"长得好"是一个女人的先天禀赋，"干得好"则是一个女人的后天努力，这两个条件综合在一起，才可以得出一个"嫁得好"的结论！而"干得好"在这三者中最为重要，它既是指一个女人在事业上取得的成功，也是指她在"姿色""修养""学历""品位"等几个方面里某一方面杰出的成果。女人经过长期努力才能"嫁得好"，这是综合评价自己和别人后才得到的好结果。退一万步讲，就算一个女人既不漂亮，也不多才多艺，还不温柔，但只要经过不懈的努力，她一样可以拥有一些小资本，而这个努力的过程就是人生最大的财富，这样辛勤过后才得到的幸福，会像蔗糖一样甜而不腻。

相反，如果一个女人有着很不错的先天禀赋，但却不努力，只是想着用美丽的容貌换来婚姻的幸福，那么她会很容易被幸福忽略的。

任何一个女人，都可以认识和培养自己的资本，通过资本最大化来弥补先天的不足，获得幸福。

请拿出你的资本认真地挑选一个好男人吧，不要总是觉得好男人都没有被自己遇上，只要你懂得利用空余时间，用虔诚神圣的态度来修炼自己的资本，那么，那个优秀的男人一定会让你遇到，你就准备热烈拥抱那个值得你嫁的好男人吧。

幸福的婚姻是什么

幸福的婚姻是什么?

两情相悦、举案齐眉、不离不弃、相守到老,这就是幸福的婚姻。女人是很容易得到满足的,只要有一个爱她的人和她过着平淡的生活,这就是最大的幸福。但是,很多女孩在生活中不懂得这个道理,总是盲目地嫁人,结果婚后很快就陷入了不幸的深渊。

婚前对自己的资本认识不够,选择另一半的时候很盲目,结果在很短时间内就遭遇不幸,小丽就是这样一个女孩。

小丽虽然长得很漂亮,但是学历和工作都很一般。像很多女孩一样,她一直想嫁给一个有钱、有房、有车的男人。在她心里,只要把户口落在这个城市里,生活就会变得稳定。如她所愿,她很快就找到了有钱的男朋友,并很快如愿以偿地结了婚。然而,半年后,小丽就离了婚。

事情是这样的,婚后的小丽虽然有自己的工作,有稳定的经济依靠,却有另一种痛苦。因为丈夫一直俯视她,在丈夫眼里她就是为了户口、房子才和他结婚的。他经常对小丽说:"除了漂亮之外,你还有什么?如果没有我,你在这个城市能站住脚吗?"后来,小丽实在是忍无可忍了,伤心之余结束了自己的婚姻。

因为对方的物质条件好而结婚，这是一种错误的婚姻观。小丽以为拥有漂亮的外表就一定能让自己幸福，这个想法很明显是错误的。 女人一定要先把自己的资本认识清楚，再考虑婚姻的事情。 勿把不正确的资本当成幸福的筹码，如果你对自己的资本认识不清楚，就只能遭遇幸福滑铁卢。

小丽拥有着美貌，她如果知道漂亮并不是幸福的唯一通行证，就不会把自己的幸福寄托在漂亮的外表上了。 她应该懂得天生的漂亮和幸福是不成比例的，要想获得幸福还需要学识和智慧。

漂亮的资本是没有含金量的资本。 你左右不了年轮的增长，也不能保证青春永驻，更不能永远都拥有漂亮的脸。 漂亮的面孔总有一天会随着时间的流逝而变老，到那时你的资本也就消失了，更别说吸引男人了。

有智慧的女人就不同了，她们懂得要想获得更多的幸福，就要经过后天的努力培养出资本来，即形象资本、性格资本、品位资本、学识资本、智慧资本。 这些都是经久不灭的资本，是能够使你越来越有品位的资本。

很多并不漂亮、也不够年轻的女人拥有这5种资本，所以她们懂得应该追求和选择什么样的男人，才能使自己获得想要的幸福。

如果小丽不光有漂亮的外表，而且还拥有智慧和学识，她就会使自己在婚姻的殿堂里的位置更高一些，不会被老公蔑视；她也会懂得应该选择一个什么样子的男人，不会单纯为自己的利益结婚。 但是，小丽除了漂亮，几乎看不到其他的资本，她自己的资本不够分量，使得她在婚姻里只能占下风。

懂得运用自己资本的女人，不会像小丽一样去做那么盲目的决定，她们会考虑得更长远一些，比如互相的理解、关爱，对方的人品、素质等。

道理很简单，你只有拥有足够的资本，才能挑剔别人。所以说，女人只有认清了自己的资本，才能获得将来的幸福。

有位叫小水的女孩和小丽一样，也在婚姻中遇到了失败。小水虽然长相一般，但是她性格外向，有一份比较好的工作。爱情在她眼里很简单：找一个自己爱他、他也爱自己的人结婚，只要两人相爱，男方没有一切都无所谓。

小水和男友算是一见钟情。男友虽然工作一般，但他对待小水却温柔体贴，而且还是小水喜欢的类型，两人很快就结婚了。婚后，老公像以往一样地对待小水，可是她却觉得很不满意，因为她总拿自己的老公和别人的老公比较，比如：她的老公不如别人的老公细心体贴，事业和经济都不如别人。小水想想自己结婚后还要租房子住，而且买房也不知道什么时候才能买，心里便产生了失落感，对自己当初的选择产生了怀疑，对和这样的男人过一辈子感到恐惧。于是，她慢慢对老公感到失望，脾气也越来越不好，经常说些伤害老公的话。

正好在这个时候，小水的老公身边又出现了一个性情温柔的女人，他觉得在家中得不到老婆的温暖，于是就移情别恋了。小水果断地与老公离了婚，因为她觉得自己和老公结婚时老公一无所有，现在他对自己的背叛是不可以原谅的。

小水的问题就是在婚姻里比较钻牛角尖，盲目地和别人攀比，不懂得用自己的智慧去经营婚姻。当初是她选择了自己的老公，现在却看他不顺眼，主要是因为她的心态变了，她还没有进入婚姻的状态，心智也不够成熟，而且缺乏包容心。淡定的女人都知道：婚姻是爱情的延续，并非爱情的终点！所以，婚姻也需要用心和智慧去经营！

　　一位哲人曾经说过："问题本身并不能给我们带来痛苦，我们的痛苦是因为我们对这些问题的看法而产生的。"其实，小水只要换一种角度思考一下对婚姻的态度，就会发现人生原本就是海阔天空的。

　　智慧的女人在婚姻生活当中，从不问"为什么"，而是问"为的是什么"，她们不会在"别人的婚姻比我好"上面纠缠，而是努力去想解决问题的方法。

　　智慧的女人都知道爱一个人就应该包容他所有的优点和缺点。小水在结婚后几乎看不到老公的优点，比如她老公淡泊名利，结婚之后在小水眼里却变成了不思上进、没有事业心的表现，她甚至把她老公以前的优点也变成了缺点。其实，婚姻是为缺点而准备的。

　　智慧的女人会用宽容的心看待生活，只要我们用智慧的心感受一下，就会发现，其实淡泊名利也是一种生活态度，根本没有错，错就错在小水在婚姻前后用了两个不同的标准来对待丈夫。她不应该一味地跟别人攀比而产生失落感。如果不因这种失落感而苛责身边的人，她就会理性地对待自己的生活和自己所爱的人。不管是在婚姻中还是在生活中，拥有这种智慧资本的女人都会生活得很幸福。

婚姻中的"门当户对"

说到嫁人，我们自然会想到一个词：门当户对。

"门当"与"户对"最初是建筑上的两个名词，指古代大门建筑中的两个重要组成部分。大门前左右的石墩或石鼓叫"门当"，门楣上方或门楣两侧的木雕或砖雕叫"户对"，且为双数，两对4个。"门当"与"户对"常常被同呼并称。又因为"门当"与"户对"上都雕有图案，那些图案都是与主人身份相适合的，且"门当"的大小、"户对"的多少也与宅第主人家财势的大小相关。所以，"门当"和"户对"既能够起到镇宅装饰的作用，又可以表现出宅第主人的身份、地位、家境。后来，"门当户对"逐渐演变成了社会观念中衡量男婚女嫁条件的一个标准。

封建婚姻都是父母之命、媒妁之言，所以门当户对是成婚的先决条件。

无论是梁山伯和祝英台，还是张生和崔莺莺，"门当户对"的观念总是给人一种棒打鸳鸯的感觉，其面目丑陋无比，被追求爱情自由的人们口诛笔伐。

那么，在如今的时代里，我们是不是还要提倡"门当户对"呢？

王梅和她老公刘兵谈了好几年的恋爱，王梅家有钱有势，刘兵家只能用穷困潦倒来形容。两个人大学毕业后，刘兵在王梅家人的安排下当上了大学老师。结婚后，王梅一直觉得老公的一切都是自己家里给的，理应对她的父母和她更好。可事实上，她并没有感觉到那份温馨，她甚至觉得自己对刘兵根本不了解。

王梅在生活中生性开朗，家庭环境也比较优越，而刘兵和他的母亲却很敏感，每当刘兵的父母看到刘兵穿王梅父母买的衣服时，总是对他冷嘲热讽，说他贪图富贵，看不起自己的家，让刘兵无地自容。

刘兵身上背负了很大的压力，而且这样的事情越来越多。刘兵在王梅的家人面前总觉得矮了几分，最后发展到连自己的家都不爱回了，只因为那房子是王梅父母出钱买的。刘兵总是感觉很自卑，王梅特别不能理解，刘兵现在为什么会让她觉得那么陌生呢！

"门不当户不对的婚姻以后会有很大的麻烦。"王梅的妈妈在王梅结婚前就曾经告诫过她。

王梅根本就想不通，自己本身和家庭条件都好，和刘兵又是同学，有相对稳定的感情基础，可为什么就是不幸福呢？

王梅有资本没有错，错就错在她在没有考虑自己的资本应该要怎么用，更没有意识到并不是每个人都想欣然接受自己的资本。她的资本在谈恋爱的时候没什么关系，一进入婚姻就出现问题了。

并非所有门不当户不对的婚姻都不幸福，但幸福如饮水，冷暖只有自己才能体会到。只是有一件事情必须记住，恋爱和婚姻是两回事，恋爱关系到的是两个人，而婚姻却关系到两个家庭。所以说，古人说的"门当户对"也是有其一定的合理性的。 想想看，有谁可以真正地为了爱去接受与自己的生活环境、生活习惯完全不同的另一家人？ 即使接受了，又能坚持多久？

家庭氛围、家庭的生活方式和文化并不能轻易地被改变，因为那是一个家族一代一代沿袭下来的。

只有当两个家庭的生活习惯以及对现实事物的看法相近时，才会产生生活中的共同语言，才会因为共鸣而产生共同的快乐，彼此间的欣赏才会保持得更加长久，也才会让婚姻保持持久的生命力。 如果王梅和刘兵的家庭稍微有点共同语言，刘兵的父母就不会对刘兵施压，同样如果王梅和刘兵生长在同一个环境里，她就能对刘兵有更多的了解了。

我们相信世界上有美满的婚姻和爱情，但是如果从概率的角度来考虑，门当户对的人相互结合会更幸福。 如果两个贫富差距极大的人生活在一起，他们必定会面临更多的困难，因为他们并不属于同一个世界。 如果男人没钱，他心里肯定会很自卑，觉得自己活得不像男人，其结果有两种，一是为了减轻自己的心理压力，拼命赚钱，但是会忽视家庭，导致家庭矛盾；二是因为自卑而脾气暴躁，这也是一颗埋藏在家里的定时炸弹，如果哪天导火索被女人点燃了，必然会引起家庭风波，有碍家庭和睦。

经济问题是导致离婚的一个重要因素。 有经济学家说过："经济决定一切。"这句话放在婚姻中也许过于绝对化了，但是也有一定的道理，因为物质决定意识。 试想一下，如果王梅和刘兵的成长环境相同，家庭条件相差不多，王梅就没有优越感了，刘兵也就不会有自卑心理了，只要两人共同努力，一定可以创造出一个属于他们自己的温馨港湾。

女人选择对象的时候，最好学历不要相差太多。并不是对受教育低的人有所歧视，只是从现实来说，一个人的思维方式取决于他的受教育程度，而不同的思维方式又会决定一个人待人接物的态度。如果夫妻两个一个只有小学文化，一个却是大学教授，即使日常生活过日子没有问题，但是在精神交流方面肯定少之又少。

通常情况是，人的受教育程度越高，想的问题就会越深刻，也会更复杂，他会去寻求真正的精神伴侣。相反，如果所受教育的程度相对偏低，他会觉得把问题想得那么复杂是吃饱了撑的。不一定所有的婚姻都一定要讲究门当户对，但是了解对方的成长背景还是很有必要的。如果连基本的价值观都不相同，又怎么可能产生幸福感呢？

心理上的门当户对其实是有必要的，尤其是在女人选择对象的时候。人与人之间大多有一些性格、年龄、文化等诸多方面的差异。男女因为性别不同，所以有着不一样的观察和处理事情的标准，但是良好的婚姻必须跨过这些差异。

从这些角度来看，遵循"门当户对"的原则使人更容易获得婚姻上的幸福。如果你们成长的环境不同，那么吃饭口味、起居习惯等都会存在差异，在选择事业、教育孩子上也会有分歧，另外，价值观、行为方式、语言和习惯在两个人之间也会有所不同。此外，更为重要的事情是，心理上的相互协调必须要有共同的语言、爱好、兴趣。如果彼此有共同语言，那么双方就会更加容易相互理解与关心。

"三岁看大，七岁看老。"这是自古流传下来的一句话。家庭对一个人的影响很大。孩子最好的榜样就是父母，父母在任何方面的行为、言语、观点等都可以作为孩子心里的参照物。 一个人成年以后表现出来的性格、观念、人品、素质等，都与他的家庭有着不可分割的联系。

有些恋人被认为门不当户不对，但他们却战胜重重阻碍，最终修成婚姻的正果。 只不过，他们为婚姻所做的努力非常艰苦，因为大多父母都会以儿女将来的幸福为理由对他们的感情进行百般阻挠，这无疑会给婚后的幸福打一些折扣。

在这里所说的门当户对，实际上是一种资本的对等，即资本上的一种平衡，是男人和女人在社会地位和财富上的平衡关系。 很显然，只有这些关系相对平衡或者接近平衡的男女恋人才更容易获得幸福和一种生活模型的对等关系。

每个人的价值观、生活习惯、道德规范、思想方式与情感特点等方面都会因为所处阶层的不同而有所差异，而婚姻生活中的文化元素正是由这些差异所构成的。 如果两个人在这些关系上表现得相对平衡，那么他们的关系就会维系得更长久。 即使爱情有一天会失去，那些他们熟悉的、乐意依存的生活方式也可以起到互相维系的作用。 在婚姻中，依然存在着"物以类聚，人以群分"的道理。 那些在婚姻生活中走得长远的男女，大多数都有着类似的背景和出身。 所以说，无论是古训还是现实，年轻人在真正步入婚姻之前都要认真考虑一下今后的生活。

中国人对婚姻上的门当户对有着很实际的看法，就像鲁迅先生曾经说过的那样，焦大绝不会爱上林妹妹。 西方社会学中有一个社会网理论，即把社会解释成一个巨大的网络，网络中的任意一员就是社会上的每个人，处于同一网络空间的往往是那些与自己的关系稳定、深刻的人。 同理，爱情和婚姻也有一张网，如果彼此并不是处于同一网络中的人，那么其婚姻大多只是一个短暂的交集，而不是永久的幸福。

给爱的人留些自由空间

在爱情的旅途中，两个人怎么样才能相扶相携走得远一些呢？爱是需要距离的，恋人之间不可能时刻都亲密无间，如果是这样，爱情之花就会很快凋谢。只可惜，女人总是后知后觉，受了伤才能明白这些道理，可是那样是不是有点太迟了？

梦佳深爱着她的男友达达，为了达达就连出国的机会她也放弃了，因为她担心距离会把他们分开。她每天上班的时候，都要达达挂上 QQ，在公司中自己的大事小事都会和达达说，从不延误；下班后，她就到达达的单位门口等他下班，一起吃晚饭，然后恋恋不舍地分别。别人都看得出梦佳对达达的爱，可达达却有自己无法说出的苦。

达达总是对朋友说："我们分开的时候，我确实很想她，可是我却有点烦和她在一起的时候。我的要求不高，我只不过渴望有点自己的空间。在梦佳拉着我逛商场的周末，没有人知道我多么想去打球；晚上下班我想和朋友们侃侃大山，喝些小酒，可她却要跟着，这也不让我做，那也不让我做，真是烦死了！"

在知道达达的感受后，梦佳的好友也曾经暗示过梦佳：男人需要自己的空间。可梦佳却并不认为自己渴望和达达时时刻刻在一起是错的，毕竟她爱他，她才会这样做。不过，她给的爱太沉重了，最终达达因为不堪重负向梦佳提出了分手，理由很简单，只有一首诗：生命诚可贵，爱情价更高，若为自由故，两者皆可抛！达达告诉梦佳，如果让他在爱情与自由间抉择，他选择自由。

看得出达达和梦佳分手的时候，他有多么难过。梦佳更是哭得一塌糊涂，她并不清楚自己错在哪里，苦苦央求着达达不要离开她……

梦佳和达达担负着压得两人喘不过气的甜蜜爱情，实在是一对可怜的恋人。 梦佳努力地靠近达达，将百分之百的真心赋予他；而这份沉重的爱达达实在承受不住，因此他拼命地想逃离。 其实，如果梦佳能早点听朋友的劝告，多给达达一些自由的空间，她的爱就不必这么辛苦，也不会让达达那么为难，两个人还可以爱得甜甜蜜蜜。 爱得太深、爱得太自私、爱得占有欲太强，最终只会让彼此疲惫不堪。 很多女人都同梦佳一样不明白：男人要爱情，但他更要自由。

当女人给予的爱让他们感到过分沉重的时候，逃离是他们必然的选择。 "享受"爱情也会变成"索取"爱情，最初的纯美的感情就会消失。 男人是独立的个体，而非女人的私人物品，自己的社交圈和地盘是不许女人进入的，当女人把索要爱情的触角伸向了不该伸的地盘时，男人只会觉得这是一个不可理喻的女人。

爱情是甜蜜的，但它也有秉性，它就像仙人掌，需要的水分本来并不多，而你却因为"爱"拼命地浇灌，结果如何可想而知。 掌握了爱的秘诀才能更好地呵护自己的爱情，而这秘诀就是适当地保持距离。 有弹性的爱才是真正的爱，彼此不可以自私地占有，也不能软弱地依附。 相爱的人给予对方的最好礼物是自由，两个自由的人之间的爱，拥有张力，这是一种牢固又不打结的爱，它缠绵却不停滞。 如果爱没有缝隙就会变得可怕、令人生畏，爱情在其中失去了自由呼吸的空气，窒息死亡是迟早的事情。

请给你爱的人一点独立的空间和自由吧！ 让爱像在天空中飞翔的风筝一样，在你需要的时候，拉紧手中的线，将他拉回来，爱就不会跑掉，就会永恒。

分手时，留给对方一个昂然的背影

当爱情已经变味，当你深爱的男人背叛了你们的爱情，你又何必苦苦执着？他想走就让他走吧，不要舍不得，既然一切都已经无法回头，那就别去想了。爱情，就像两个人在拉橡皮筋，疼的永远是后撒手的那个……女人，更不要向他报复，要知道，自己的幸福其实就是对他最大的报复。

爱情因为可以自由选择所以美丽。他对你的爱与不爱，都是真的，这是他的自由，也是他的选择。女人也有自己的自由和选择，不应该为了别人的自由和选择背负责任。当爱情远去的时候，又何必去强留呢？

一个女人坐在化妆台前耐心地化着妆，一个朋友风风火火地推门进来，惊慌地说："你的丈夫和别的女人私奔了。"听到这话，女人面无血色，拿眉笔的手一抖，但她依旧挤出了一个微笑给朋友，接着画自己的眉毛。十几分钟后，她走上了舞台，在舞台上，她和观众互动，说着轻松的笑话，观众十分开心，精致妆饰过的脸上带着一如既往的灿烂微笑。回到后台，她静静地卸妆，没有让自己流一滴眼泪。这个女人，就是创建了羽西化妆品牌的靳羽西。她的意志并没有被失败的爱情击垮，婚变反而激发了她的干劲，使她创造出了无限精彩的人生。

爱情不是单行道，一个人的爱情并不是爱情，两个人的爱情才能绽放出美丽的花朵。 如果其中一人逃离了，就注定了爱情之花的凋谢。 女人比男人更脆弱，更具有无私奉献的痴情精神，也更容易受到伤害。 但爱情是无法解释的，更难以分辨对错。 在爱情破碎的时候，女人再期盼、再等待，也只能换来更深的痛苦和寂寞。 既然心已走远，弥补和挽留是不会起任何作用的，只有将目光投向未来，才会看到鲜花和希望。

当他离开你的时候，你不必哭泣，不要埋怨自己。 "他不要我，是因为我不够好"，这是一句愚蠢的话。 也许正是你的好，让他倍感压力，从而心生去意。 他觉得与你在一起无法表现出他的强大，只能让他感到对你深深的厌倦和想挣脱束缚的渴望。

在感情的世界里，全身而进固然重要，全身而退也是不可忽视的。 当爱情来临时，全身心地投入，不要怀疑，努力抓住自己的幸福与甜蜜；当爱情之花凋零，必须抽身离去时，更要坚决而果断。 别去恨他，因为恨也需要力气，而且恨是一种变相的爱，证明你还对曾经的美好有所留恋，证明你心中还残存一丝纠结。 对于一段无可挽回的爱情，何必再去耗费精力呢？ 和过去挥一挥手，道一声别，潇洒而坦然，留给对方一个昂然的背影。

在失去恋情时得到成长

在学习中，谁都不可能一次性跳级到博士后，在爱情中，成长也是需要付出代价的。

爱情中，女人往往比男人更加投入。失恋是一件让人伤心痛苦的事情，有很多人因失恋而痛不欲生，但这份心痛是磨炼成熟的契机。女人可以把失败的恋情当作一面镜子，然后从中能够更加清楚地看清自己的感情。只有经历过失恋的痛苦，才能让人以更加成熟和从容的态度去面对下一段感情。虽然这些并不能让自己在以后的感情生活中一帆风顺，但却能让自己变得更加成熟稳重。

有人给米琪介绍了一个男朋友，是一位高个子帅哥，就是有一点内向。米琪跟他约会的过程中，两人没有说上几句话，气氛显得非常尴尬。约会马上就要结束了，米琪明确地表态："我跟这个人不合适，绝对不能成为男女朋友。"朋友听后觉得很惊讶，问道："怎么刚一见面就觉得不合适呢？而且对方的条件那么好。"

米琪说："我以前交的男朋友性格跟他差不多，也很内向。我本身就是一个不爱说话的人，所以两个人在一起的时候，沟通很少，有什么想法不能及时地表达出来。有时候，两个人的想法不一样，却因为大家都不说，常常惹出很多误会，闹出很多矛盾，最后还是要分手。

虽然那段感情结束了，但是我从中明白了，我的性格不适合找一个内向的男朋友，所以不管这个男生条件多么好，我们在性格方面都是不合适的。既然没有共同语言，也不可能有未来，那还不如及早地结束呢。"

从米琪的话语中，可以清楚地看出，米琪以前的那场恋情让她明白了自己要找个什么样的男朋友才能得到幸福。所以，失恋并不一定是失败，在经历了痛楚之后，能够更加了解自己，也更加懂得自己应该如何判断和珍惜新的恋情。

失恋可能是一种损失，但是要知道，女人失去的是一个不爱自己的人，而对方失去的却是一个深爱他的人，这样一来，谁的损失更大呢？没错，失恋虽然痛苦，但不至于悲观和绝望。因为失恋就像人生中要经历的必修课一样，只有经历了刻骨铭心的疼痛，才能懂得珍惜，才能在爱情中变得成熟。

女人最害怕在爱情路上遇到失恋，假如女人一直沉浸在对以往爱情的留恋中，并且一直沉溺在感情的痛苦中，那么内心将永远充满悲伤。相反，如果换个角度，也许就会得到不同的感受。同时，女人也可以从失去的恋情中吸取教训，从而获得成长，这对以后的恋情有一定的帮助。

爱你，但我可以没有你

脆弱的女人在面对分手的时候常常乞求对方说："我很爱你，真的不能没有你。"

其实离开对方没什么大不了的，只是考虑到曾经付出的感情在失去对方以后就都化为乌有，自己用心经营的感情都白费了，会觉得难受。所以，面对分手，更多的痛苦来自于自己，而不是对方，在这世界上，谁离开谁，地球都能转。

小尚跟佳宁在一起相处了6年，她一直很痴情，从来没有想到过放弃。大学的时候，两个人在不同的城市，最长的时候半年才能见一次面。周围的姐妹都忙着打扮、约会，只有她孤零零地躲在被窝里看小说。小尚从来没有因为这些而抱怨过，每次接到佳宁的电话，她都觉得很高兴。

毕业以后，两个人都盼望能分到一个城市，可是命运喜欢捉弄人，佳宁南下，小尚却成了北漂一族，两个人的爱情受到了考验。一年后，佳宁向小尚提出分手，两个人的爱情终究还是失败了。

小尚说，和佳宁分手以后，她特别难过。每时每刻，她都能回忆起两人在一起的点点滴滴，以前的哪怕是一丁点的甜蜜也会在回忆中被无限放大，可是回忆过后，就是一阵难忍的疼痛。她始终都无法面对事实，明知道是自欺欺人，她也要去维持一种幸福的假象。可是，现实就是现实，很残忍，无论自己怎么伪装，都不能改变既定的事实。

慢慢地，小尚逐渐接受了现实，习惯了一个人吃饭、逛街、散步，生活好像又回到了和佳宁认识之前的日子，有一种久违的亲切。她把自己的感受写在日记里：两个人的生活很甜蜜，一个人的生活也很自由快乐。任何时候，都不会有人永远爱着你，所以我要学着一个人快乐地生活。

如果两个人在一起很长时间了，一旦分手，就会觉得对方对自己有所亏欠，心里越想越痛苦。 一个人只要动了真情，哪怕还有更好的选择，也往往会坚守现状。 因为人们割舍不下的并不是对方，而是自己，是自己的那些岁月和真情。

可生活就是如此，人生中的每个阶段都会出现一个很重要的人，他并不一定会陪伴你很长时间，也并不一定是唯一陪伴你的那个人，只是许多人中的一个而已。

失恋的时候，女人应该对那个男人说："虽然我爱你，但我还是可以没有你。"

不要因错过而懊悔

　　因为一件小事，或者一点诱惑，最初很相爱的男女分手了。很多年后，两个人始终没能遇上更好的，于是就把曾经的仇恨都变成了思念：两个人同时感叹道：原来，我错过的是最好的……

　　因为错过了一棵树，而放弃整片森林；因为摘不到一颗星星，而放弃了整片天空。等年华不再时，才发现人生中最令人惋惜的莫过于：因为错过一次，所以错过了所有。如果那个人能与你相濡以沫，那就是你人生中最大的幸福。但是，如果一生中只爱一个永远不喜欢自己的人，那就是一种愚蠢的表现。

　　人生中没有十全十美的事情，人想要活得舒坦，就要学着接受"错过"之痛。无意间在网上看到一个故事，恰恰是很好的案例。

　　毕业 10 年后，大学同学组织聚会。已经是而立之年的春天，很仓促地去了聚会的酒店，刚刚走到包间的门口就听到里面喧哗的声音。一进门，大家都热情地拉住她，开始谈论毕业以后的生活和现在的事业。

　　忽然，春天听到有人提起了她的初恋。春天开始张望，却没有看见他的影子。"他现在过得怎么样了？"春天悄悄地问旁边的女同学。同学意味深长地看了她一眼说："你怎么能不知道他的情况呢？你们可是不错的关系啊。他现在娶了一个集团老板的女儿，事业和家庭都很好。对了，这次的聚会就是他组织的，所有的费用也都是他出的。"

春天不由地想起刚毕业的时候，母亲嫌弃他是个穷小子，非逼着自己和他分手，说跟着他怎么可能有好日子过呢。而自己虽然很爱他，但在现实面前，在母亲面前，她也觉得两个人在一起，一定会吃苦的，不会过得很舒服。当春天把分手的想法告诉那个男孩子时，他只是平静地说："我总有一天会让你明白，你做了一个错误的选择。"

"看，他来了。"旁边的女同学拉着春天看向门口。他基本上没有变，还和当年一样热情爱笑，同学们都站起来和他握手，在他身边站着一个着装华丽的女子，肯定是他的妻子。他看到了春天，牵着女子的手来到她面前，对她微笑："你好，春天。来，我给你们介绍一下，我的妻子晓晓，这是我大学的好朋友。"女子是那么地大方得体，春天却显得有些狼狈不堪。

介绍完，他就走过去和同学们聊天了。春天心里一直在想：他是在故意贬低我吗？是想让我知道如今的他有多么优秀，当初的我是多么世俗地抛弃他吗？

聚会后，大家一起去唱歌，春天一个人坐在包间的角落里，他忽然坐到她旁边，问道："不开心吗？"

春天低着嗓子问："你在恨我，是不是？你这是在羞辱我。"

他坦然地点起一支烟说："我确实恨过你，不过早就不恨了，如果不是你，我就不会拥有现在的一切。"

春天觉得嗓子被什么东西堵住了。他继续看着她说："你和我分手后，我就发誓要成功，要获得财富，然后重新站到你面前，让你追求我，让你明白离开我的选择是个错误。但后来我发现自己当时的想法很幼稚，当我真正拥有了现在这一切时，我才明白我和你在大学毕业那一刻就已经随波逐流了，而我竟然也慢慢地忘记了你。"

春天似乎还想说一些话，可是那边有同学叫他和他妻子去唱歌，他便起身离去了。她只是看到，一个风度翩翩的男子搂着自己心爱的妻子，深情款款地唱着歌。

春天没有对他说的话是，她想告诉他，自己在和他分手后依了母亲的意思嫁给了另外一个人，可是那个人背叛了自己，她的幸福已经走远了。

我们在很多时候，总是认为只有得不到的东西才是宝贝，却把容易得到的东西当成是理所当然，结果错过了很多。既然错过了，就要坚定地放弃。只有忘记那个曾经爱过的人，才能有机会与后来的爱人相濡以沫。所以，有的东西即使你再喜欢也不会属于你，有的东西是注定需要你自己放弃的，人生中有很多种爱，千万别把爱变成一种伤害。

当你足够优秀时，爱情自会来敲门

　　失恋的女人在大街上走着总能遇见成双成对、亲亲密密的情侣，而自己孤孤单单一个人，不禁心里一酸，回到家抱着枕头哭。　她们常常为此烦恼，于是很想找个人来疼爱自己，告别单身生活。

　　然而，爱情不像衣服，只要下定决心就买得到。　就算是衣服，也往往在无意当中才能发现最合心意的。　其实，单身有单身的好处。　男人认为恋爱只是生活的一小部分，而对于女人来说，却是生活的全部，一旦沉溺其中就不能自拔，有时还会影响到工作和学习。　如果是单身，你就不用因为男女朋友之事而烦恼；你可以节约大量电话费，买自己喜欢的东西；你有很多的自由时间，可以专心工作学习；更重要的是，你可以趁这段时间好好完善自己！

　　你不需要四处向朋友述说你的失恋之苦，这样不但解决不了问题，而且还会耽误你解决问题的时间。　不如把时间都放在工作上面，周末加班也不会顾忌什么；也可以多提升自己的专业技能，平常多看几本书，或者报个培训班；再或者参加一些娱乐活动。　总之，利用你的自由时间，多学东西，好好工作，你的生活就会变得很充实，自己也会慢慢变得更优秀。

　　你现在虽然还年轻，但是在竞争的时代里应该懂得，趁着年轻打好基础，要不然等老了会后悔的。

　　不要把一切都放在"要不嫁人算了"这句话上，自己都不优秀，有什么资格嫁到好男人呢？　所以，你需要让自己变得优秀起来，其他的一切问题都不用思考。 平时不要把诸如"这样没意思"、"这样好郁闷"之类的话放在口头上。 周围的人再亲密也不要受到他的影响，不要拿自己跟其他人比。 如果你什么地方都好，人长得漂亮又优雅，工作有前途工资又不菲，到时求婚的人肯定会络绎不绝！

　　生活很现实，当你很优秀的时候，所有好事都会在同一时刻降临，无论是金钱还是男朋友，一切的一切都会随之到来。所以，做好自己，改变自己，爱情自然就会降临！

男女两性间争论升级的原因

　　争论之所以升级，通常是因为男人无意识地忽略乃至伤害了女人的感受。　一旦男人不重视女人的感受，女人就会认为男人对她不够关心和体贴。　这样一来，女人就会做出"攻击"的姿态，对男人横加指责和批评，而男人当然全力反抗！　这种状况下，慢慢地他们不是变得更亲近，而是越来越疏远。　尤其是当处于疲劳和紧张状态时，这种冲突和矛盾会进一步激化。　压力使自己变得高度敏感，并且随时准备反击。

　　音量和语气能产生比言语本身更大的影响。　男人在和伴侣争论时，总是"就事论事"，把注意力集中在事情是否正确和如何解决上，并且迫不及待地提供解决方案，因此他的语气可能显得冷漠而超然，似乎不关心对方的感受。

　　实际上，在男人内心深处通常都很关心伴侣的感受，希望满足对方的需求和愿望。　可遗憾的是，他那平静、超然甚至冷淡的语气并没有表现出关心和体贴的意味。　如果男人放慢节奏，多给伴侣一点儿时间，仔细聆听伴侣的想法和感受，爆发冲突的可能性就将大大减少。

　　女人在争论过程中更注重交流感受，提出问题。　但是有时候，女人的语气听上去可能不够亲切和温柔，而且似乎对伴侣缺乏信任和感激，甚至充满指责的意味。　在大多数时间里，女人的确很信任自己的伴侣，也知道对方的本意是想帮助自己，可是她的语气却容易让伴侣产生误解。　对男人的关心和帮助，女人若能适当地表示感激，就可以及时有效地淡化冲突，避免导致冲突的"连锁反应"。

如果想防止争论进一步升级，女人要避免因过多谈论个人感受和语气不佳而产生的负面影响。

接下来，看看亚历克西斯和理查德通过怎样的方式，防止了争论进一步升级。

"你看一下这种新款汽车的造型如何。"理查德说。

"你打算买一辆新车吗?"她的声音里有一种不安的意味。

"有可能，我觉得买这辆车真的很划算。"

"你的车出什么问题了吗?"亚历克西斯开始烦躁了。

"没有什么问题，我就是想要一辆新车而已。"理查德吃了一口面包。

"我不认为我们应该这么做，迄今为止，我们今年还没有存过一分钱呢。"

"我明白你的意思。"理查德理解妻子的焦虑感，"我们可以仔细地算一笔账。这款车正在打折销售，我们只需花很少的钱，就能把它买下来。而且最重要的是，这种组装汽车能给我们节省很多汽油费。"

"这倒是不错! 成本低的话还是挺好的。"她让步了，"我希望买完车以后，还能储存一部分钱。"

"你说得对。"他点点头，"你知道我的工作很辛苦，我真的很想买一辆新车。"

"你的工作一直都很辛苦，我能理解。况且你有资格拥有一辆新车。"她也很想让丈夫开心，"你今天要是有时间，就算算这笔账吧，我很想具体了解一下。"

这场冲突之所以能够避免，是因为理查德尊重亚历克西斯所说的话，并且充分考虑到了她的忧虑。而亚历克西斯也能体谅和理解辛苦工作的丈夫，她喜欢照顾他人的本性，被成功地激发出来了。

女人要避免过多地谈论个人感受，以免使争论升级为"战争"。否则，不管她通过何种语言与方式表达个人感觉，都很难在伴侣那里得到有效的回应。她应当避免过多地谈论个人感受，而要把谈话的焦点放在某个具体的问题上。

当然，这一原则并不是万能地适用于所有场合。对于接受情感关系治疗的女人，治疗师会鼓励她说出内心的感受，因为这种行为有助于增进她的自我意识和自我了解，促进她的催产素分泌。

探讨情感关系问题的专家、各种图书作品以及治疗班和研讨会，几乎都千篇一律地鼓励伴侣双方说出他们的想法和感受。但不幸的是，这种做法不仅容易遭到误解，而且还经常被错误地加以运用。说出内心"积极的感受"通常是有意义的，说出"消极的感受"则可能起到相反的效果。假如我们感觉到伴侣的关心和理解，那么说出消极的感受可能是一件好事；假如我们和伴侣正在吵架，说出消极的感受，就很有可能使矛盾进一步激化。吵架的一个主要原因就是：我们总是不顾一切地把各种消极的感受一下子统统说出来。

我们和伴侣的冲突，很容易从"解决问题"转向"人身攻击"。 一旦我们开始把对方当成"问题"时，就没有办法集中精力探讨和解决最初面临的问题了。 在争论过程中，双方都变得高度敏感。 女人需要从男人那里获取一个明确的信号：男人重视她的想法和观点。 同时，男人也需要确认一个事实：女人愿意接受他的支持和帮助。

女人不要过于期待男人的完美

几乎每个女人都幻想过自己的理想伴侣，即使目前和自己生活在一起的这个男人与其相差十万八千里，她仍然希望男人是自己想象中的那样。

刘婕是一个美丽温柔、学历高且收入不菲的女人，自然有其理想中的"完美情人"。她说："我不喜欢总是坐在办公室的男人。我的他必须具有叛逆精神，富有创意，与众不同，浪漫，有品位；他还必须会弹奏吉他，重感情而非金钱；当然，他首先应该没有那些令人讨厌的嗜好，这就是我梦中的白马王子。"

很多人说这样的男人已经不存在了，但刘婕却真的找到了自己的白马王子，她所列出的一切条件他都符合。

可是没过多久，刘婕心里就开始不高兴了。因为他30岁了，仍然习惯于和一帮朋友混在一起，无意寻找一份固定的工作。更加让刘婕气愤的是，他们在同学生日聚会上相聚时，刘婕让他换上那身高级西装，但他坚持要穿夹克，任凭刘婕怎么说，他硬是不听，让刘婕非常生气。他对刘婕的气恼大感不解："刚才我还很优秀，怎么转眼之间就变成蠢驴了?! 你真的喜欢我吗?"

无独有偶，在现实生活中，不止一个女人像刘婕那样，在一刻之间，觉得几近"完美"的"白马王子"变成了讨厌的家伙。你可能认为自己的女邻居福气好，遇到了一位体贴的男人，他照顾孩子，做家务，任劳任怨，可是如果你仔细思考一下，也许你会发现他的脑子里除了老婆、孩子、房子之外，空空如也；那个让你大为惊叹、口若悬河、出口成章的好友的男友，却被她抱怨说素质和品位太低；你的男人地位很高，对你百般娇纵，但你却怪他经常不回家……在现实生活中，永远也找不到完美无瑕的男人。

女人美梦中的理想情侣只是她一厢情愿的想象。人无完人。当你想在现实生活中让自己的美梦成真时，总会发现这样那样的缺憾，一个人既有优秀的品质，也有令人讨厌甚至痛恨的反面，它们就好像一枚钱币的两面，谁也无法将它们分开。如果你希望自己的男人是完美的，那么，该是你变得现实的时候了！

每一个女人都梦想着自己的丈夫能够成为完美男人。女人深爱她的男人，觉得有必要帮助男人成长或成熟，于是想让男人更绅士，改进他的想法和做法，改正那些让人讨厌的缺点。这种一厢情愿的改造，是男人对女人的最大抱怨之处。男人会对这种善意的行为奋力反抗，拒绝她的帮助。不过，女人应该知道，男人排斥的往往并不是女人的需求和愿望，而是她对待他的方式。即使她的出发点无可挑剔，也必须寻找非常有效的方式，选择让他感觉舒适、温暖的措辞，恰当地表达内心的愿望。只有当男人感觉女人欣赏他、信任他，认为他是善于解决问题的人，而不是女人眼中的"问题"时，他才有可能接受女人的批评和建议，接受她的"改造"。

当自己的渴望得不到满足时，女人就会感到很失望，这就是很多妻子面对丈夫的缺点和错误时，往往选择抱怨、唠叨或是咒骂的原因。当然，这种不理智的行为并没有效果。如果她只知道一味地责备男人，那么就会让他倾向于抵抗，即使他明明知道自己错了，也依然不愿意改正。结果往往是，尽管她是出于善意考虑的，但换回来的却是无休止的争吵或者离婚。其实，女人不妨多给男人一些鼓励，只有给予男人足够的同情、宽容和谅解，他才会感激她，转而想改变那些缺点。

客观地看待男人的毛病和错误是很重要的，只要无伤大雅，真的没有必要因为一些小毛病和男人针尖对麦芒。当男人的一些行为真的引起众怒时，也请不要立即责备他。女人应该先让自己冷静下来，然后理智地分析一下，也许那时候可以找到更好的途径。如果她对他表示出理解和同情，那么就有可能让他主动改正错误。

实际上，在很多时候，所有这些问题都在于心态，如果女人心态正常，不对男人期待过高，就不会那样严格地对待丈夫；而且，如果能换个角度看，说不定男人的缺点就会变成优点了。如果她总是盯着丈夫的缺点看，久而久之，只能看到他的缺点。面对一个一无是处的男人，可想而知她也不会好过。

尽显职场女人味

女人娇媚和温柔的特质，在面对冲突时是最好的润滑剂。当办公室的男士和你有不同意见时，先别急得脸红脖子粗，而应该保持风度，维持笑容，气定神闲，甚至以一副低姿态来有效化解僵局。 魅力是一种优雅的风格，使追求事业的女人获益良多。

1. 恰当的装扮

工作中除了具备出色的工作能力和扎实的专业知识之外，合适的穿着，绝对是引人注目的法宝。 线条美被一条裙子充分体现，或是略显性感的短裙套装，加上摇曳身姿的高跟鞋、浓淡相宜的妆容，既有女人味，又不失端庄。 不过，切记：你的目的是使你的穿着品位得到你的同事、上司、客户的欣赏，并认真看待你的工作能力，而不是要他们把你当作性感尤物，或是产生性幻想。 一旦你的外表、你的穿着打扮给人的印象既深刻又良好，你身边就会悄悄降临许多契机。

2. 聊他人感兴趣的话题，建立友谊

在职场让同事注意你，甚至喜欢你，好处绝对是很多的。当他们和你成为朋友后，你在工作上的各种困难，因为有人帮助自然就能顺利获得解决。 不过，可不是要你有事没事就和男人打情骂俏，而是要你保持幽默感，把笑容经常挂在脸上，让男同事了解你，欣赏你的魅力。

3. 温柔幽默的话语

女人应当注意培养自己的幽默感，因为适当的幽默放在适当的时机，不但可以化解僵局，双方的紧张和压力也可以消退。

4. 适时赞美鼓励，突破对方心理防线

被人赞美和崇拜是很多人都喜欢的，你也别辜负女人善于甜言蜜语的才能。当你觉得某位同事表现突出时，把你对他的肯定大方地说出来，"你真行""令人难以置信"之类的赞美语句能给对方极大的激励和勇气，对方的防线也会容易被突破，从而使你赢得对方的友谊。

5. 扩大交际圈和自己的工作舞台

有空的时候，不妨去看看那些自己不熟悉的部门，了解其他部门的工作性质。多与其他部门的同事接触，扩大自己的人际交往范围，不但有利于结识朋友、开阔视野，也有利于不断根据自身特点和岗位需要调整自己的奋斗目标。

6. 凭工作业绩说话，赢得同事钦佩

一个人素质高低的衡量砝码就是工作业绩。突出的工作成绩最有说服力，最能得到他人的敬佩和信赖。要想做出一番令人羡慕的业绩，就要善于决断，勇于负责；善于创新，勇于开拓；善于研究市场，勇于把握市场。唯有如此，在市场经济的大潮中，企业的航船才能顶住风浪并乘风破浪，躲开商战的"旋涡"和"险滩"，中流击水，立于不败之地。当你力挽狂澜以优异的业绩重振企业时，你的影响力自然而然也就到了"振臂一呼，应者云集"的地步。

防人之心不可无

偶然听到有人说，办公室里有妖魔鬼怪，乍一听有些莫名其妙，其实这是真的。所谓的"妖魔鬼怪"是办公室小人的代名词，他们虽然表面都是衣冠楚楚、风度翩翩的俊男靓女，但是却永远藏着一颗算计之心，只要你稍不留神，就有可能被他们伤害。

听听刘梅的"降妖伏魔术"吧，从中能学到保护自己的办法。

刚毕业时，刘梅渴望变成职场强人，所以干起活来格外卖力。顺利通过试用期后，刘梅与姚娟一起在一个大型国企的人事部任职，因为她们年龄相仿，所以很快成了好朋友，在工作上她们也是无话不说。

令人意外的是，后来刘梅竟成为姚娟升职的垫脚石。

在一年多的"友好"相处中，姚娟时时刻刻地留意刘梅的言行，比如刘梅某月某日说经理的新衣服不好看，姚娟都会在"适当"的时刻故意说给经理听。

后来，当刘梅感觉到经理对自己的态度很不好时，她发现自己被出卖了。当时她很愤怒，经过一番思考与思想斗争后，她坚决辞职了。

经过这一次，刘梅对"防人之心不可无"的说法有了深刻的认识，以后再碰到这种人她都会敬而远之，而且她也不再轻易在办公室里谈论自己或他人的闲事了，言多必失。

三个月里一次又一次的笔试、面试，刘梅考入了一家向往已久的外企公司。在她的想象中，外企应该是人人平等、公平竞争的地方。

刚加入新的公司时，由于优越的工作条件、上司的公正以及同事间的和睦相处，她工作得很开心也很用心。由于工作中表现很好，她很快就得到了赏识，从部门秘书晋升到执行秘书。而原来的执行秘书张小姐由于工作不够卖力，被调到行政部门做文员。可是，张小姐仍然想做原先的职位，并且认为刘梅是新来的，不应该接替她的工作。她故意找借口，不与刘梅办交接手续。在没有办法的情况下，刘梅将这个情况向上级报告，上司为她们的交接工作重新做了硬性安排。这样，张小姐不得不放弃原来的想法，勉强做了交接工作。

像张小姐这样的人一般都欺软怕硬，如果他们不是很过分，没有涉及原则问题，你大可不必去理会他们，但是适当的时候，你也应该反击一下。

刘梅的职业生涯已经有 7 年了，企业、事业单位都做过，一共换了 4 个单位，随着"降妖伏魔"经历的不断增长，她有很多经验与大家分享：

首先，小人算计我们主要是因为他们意识到自身实力的薄弱，我们是威胁他的原因，因而从嫉妒发展到做一些有悖常理的事情。所以，我们要相信自己做的事是正确的——不是我做错了，而是"红颜遭嫉"罢了。

其次，对待的人不同，使用的方法也不同。

对待阴险型的小人，要以防范为主，小心谨慎，别让他钻了空子。这部分人有点像披着羊皮的狼，他们在使用"糖心炮弹"的同时，来谋划如何利用你。如果对方势力强大又小人得志，最好敬而远之。

对待欺生型的小人，可以一边回避，一边找机会先发制人。欺生的人往往虚张声势，其实并没有多大的能耐，只要不招惹他，他也不会对你不利。实在迫不得已也可以先发制人地教训他一下，以后他就不敢再欺负人了。

对待搬弄是非的小人，不用理会。不用计较他们所说的话，如果是十分恶劣的诋毁，并且影响到了你的声誉，你便要与他讲清楚，必要时还可以在上司面前对质。

其实，小人随处都有，淡定的女人只要抱着一种积极的态度，时刻注意自我保护，应对有方，就不会被小人的谗言所影响。

尊重同事的隐私

好奇心是女人的天性，有很多女人总是对别人的隐私抱有极大的兴趣，所以她们也容易被卷入烦恼的旋涡。获得幸福的淡定的女人都有共同的特点：她们面对别人的隐私可以做到守口如瓶。

在办公室这样一个表面平静实际波涛汹涌的小世界里，你无意间知道的隐私也许是别人对你痛下杀手的原因；或者你想建立良好的人际关系以求成为内部小圈子中强势一方的一员，这时你是不是自以为"聪明"地利用了其他人的隐私？事实上，真正聪明且有心计的女人是绝对不会在散播别人隐私中享受乐趣的，对她们来说，别人的私事不过是过眼的风景。

入职仅仅 3 天的 Cathy 没有想到那个刚刚休假回来，与自己相对而坐的 Monica 竟然是与自己住在同一小区的吴小莎。她清楚地记得半个月前吴小莎在小区里遭到别人的殴打，从一个气势汹汹的女人接连不断的叫骂声中，她知道吴小莎是第三者。

Monica 也认出了虽然面熟但彼此没有说过话的 Cathy，她脸上一闪而过的吃惊与不快使 Cathy 心里略感不妙。果然，这位女同事不但没有给她任何帮助，而且同她的合作很不愉快，比如经常是在准备下班的时候，让 Cathy 整理出她所需要的文件；在周末做报表时故意拖到很晚才把有关数据告诉 Cathy，从而使 Cathy 每次做报表的时间都很紧张；她在工作中会故意弄出一些失误，然后向经理解释说是 Cathy 没有配合她；她更是每天观察和 Cathy 说过话的人，然后转弯抹角地套出她们的谈话内容。因为 Cathy 工作上很多事情需要其他人配合，她便话里话外地警告她少管别人的闲事。

Cathy 看出了 Monica 想在试工期的时候挤走她，她在这个公司多待一天，Monica 的秘密就有被泄露的危险，Monica 就一天不能安宁下来。

Cathy 是聪明人，她知道不能和 Monica 发生正面争吵。然而当 Monica 又一次故伎重施地把她的错误推到自己头上时，一忍再忍的 Cathy 拦住下班的她说要谈谈。

办公室里静悄悄地只剩下她们两个人，心怀鬼胎的 Monica 几乎不敢正视 Cathy 的眼睛，而 Cathy 则平静地对她说："我感到你似乎对我总有一些敌意，不知道是不是我感觉错了，如果咱们的家不是住得很近，那么我们之间应该可以很愉快地相处。"Monica 的脸上露出一丝尴尬的神色，Cathy 相信这些话已向她点明了自己知道为什么她总是针对自己。Cathy 接着说："我今天只想对你说明一件事，我是来这里工作的，其他的事情都与工作无关，包括他人的隐私、爱好和家庭，即便我无意中知道了他人的一些私事，我也只不过左耳朵进右耳朵出。"看到 Monica 松了一口气的样子，Cathy 换了开玩笑的口气说，"就像路边的野花，我虽然看见了，但却绝不会去采。"

Monica 没有说一句话，但最后她轻轻地对 Cathy 说："我邀请你共进晚餐。"

后来她们成了一对很好的搭档。一年后，那个男人与老婆离婚了，与 Monica 喜结连理，Cathy 送他们的礼物是一床绣着鸳鸯戏水图案的被罩。

一次开诚布公而又极有目的性的对话，化解了 Cathy 的危机，而另一个因处理隐私不当而深受其害的例子则告诉了我们职场生存的准则是什么。

公司的行政助理李佳无意中发现业务员 Judy 偷偷从电脑中调出别人的客户信息据为己有。李佳便把这件事告诉了老板的红人张丽，想借这个机会讨好张丽。当张丽在与 Judy 的一次争执中讥讽她窃取别人的客户时，恼羞成怒的 Judy 立刻想到这是李佳说的，因为那次李佳是唯一在场的人。

于是在以后的工作中，Judy 便经常向经理打李佳的小报告，比如打错了价单、传真没有及时发出、忘了把客户的留言转告她……后来等到涨薪水时，李佳没有赶上那次涨幅高达 30% 的薪水调整，而张丽也没有与李佳更亲近，反而与李佳更加疏远起来。

Cathy 回避隐私而获得成功在于她知道在办公室这种强调个人、排他利己、复杂敏感的小世界里，明确地了解工作和生活的界限是立足职场的必修课，而尊重别人的隐私则是保护自己的最好方法。 而自以为是的李佳没有达到预期目的，是因为她把同事的秘密当成了取悦别人的手段，须知排挤别人、拉帮结派、打击一方来取悦另一方是不光彩、不高明的手段，张丽最终没能与李佳拉近关系便是最好的证明。

　　把握好同事间和平、互助、有距关系的尺度，尊重别人的隐私、保护别人的隐私，实际上是在为自己减少不必要的麻烦和烦恼。 真正淡定的女人，是不会对别人的隐私抱有好奇心的，一些事情你我心知肚明就好，只有善于给自己和他人留有自由呼吸空间的女人才会幸福。

小心被人利用

职场就如战场，一个人要想顺顺利利地工作，就要懂方圆之术，既不能得罪上司，也不能伤了与同事之间的和气，最好的方法就是不掺和其间的是非，否则就会产生无尽的烦恼。

在职场中，同事之间的首要关系是竞争。追求工作成绩和报酬，希望赢得上司的好感而获得升迁，还有其他各方面的好处，使得同事之间不可避免地存在着一种竞争关系，而这种竞争往往又不是一种单纯的、真刀实枪的实力的较量，而是掺杂了许许多多不可人为控制的复杂因素。表面上大家客客气气、关系融洽，内心里却可能在各打各的算盘。

同事之间传播流言蜚语，是带有很大危害性的，这会误导一些人，导致人们做出错误的判断和决定。

有位女孩叫洁，有一天，她的上司王经理邀请她，一同前往公司附近的咖啡厅里喝咖啡。

他们坐在咖啡厅里，一边喝咖啡，一边你一句我一句地闲扯起来，不知不觉，话题开始扯到了洁的同事李小姐。

"啊，李小姐吗？她好漂亮啊！她的衣服都是名牌，真叫人羡慕！"

"那是当然啰，因为李小姐领的是高薪！"王经理说出了原因。

原来，这家公司采取的是年薪制，每个人的薪水都不同，这是根据每个人的工作表现、与公司签订的合同而有所区别的。这点洁自然也清楚，但她一直不知道同事间会有很大差别，现在突然从王经理口里听说李小姐的工资很高，心里自然觉得不高兴。她问道："会差那么多吗？"

"是呀，比你的年薪多上两万元呢！"王经理说得更具体了。

第二天，洁便把这件事告诉了她的同事们，大家知道了心里都不舒服，于是就开始嘲笑"高工资"的李小姐，甚至不同她来往，将她孤立起来。这样，李小姐万般无奈，只有辞职。

事实上，李小姐的工资和大家差不多，只是因为李小姐曾经向王经理提过意见，以致王经理怀恨在心，所以就想出了这么一个诡计，借洁的嘴孤立李小姐，最后将她逼走。

等到洁知道事情的真相后，后悔莫及，自己已被人家利用，当枪使了。不仅如此，洁还得了一个"爱嚼舌根的女人"的恶名。

在职场中，像上文中的洁那样被人当枪使的事情很多，在职场中的几十年，免不了会遇到出卖、敌意、中伤等等意想不到的事情，犹如一个个圈套在你面前。如果事先预料这些事的发生，并一一克服，便能顺利躲过了。

总之，遇上人事问题，你最好事不关己、高高挂起，态度应该保持中立。

例如，有别的主管犯了大错，公司的老板很生气，又开会又讨论的，而且老板还可能私下召见你，询问你对这件事的看法，就是其他部门主管（受牵连的与不受牵连的），也有可能找你交谈。这种情况，你不能借口躲避，而应该好好地面对。

老板一定牢骚甚多，指责某人做事不力，某人又能力欠佳，只想达到一个目的，就是要看你和哪方面关系良好。你最好不要轻易表态，这样，既保护了自己，也不会中伤别人。

至于其他同事，找你无非是探口风或想见风使舵，这类人也不能随便敷衍，尽可能模棱两可，以防被出卖。

要想不掉进陷阱，不被他人当枪使，保持中立态度是最好的方法。

若你与同事一起出差办事，对方突然问你："你跟拍档间似乎有很大的问题存在，你如何面对呢？"而你一直觉得与拍档相处融洽，公事上大家都很合作，私下里关系也很好，何来问题呢？

这时，要冷静一点。世事难料，这当中或许出了什么问题，有直接的，有间接的，总之不简单。就算你和拍档之间真有什么问题存在，你也必须表现得大度一些，微笑一下，反问对方"你看到了什么"或者"你听到了什么"。对方肯定是不好开口的，你可以继续说下去："我们一直相处得好好的，我不觉得我们之间有什么不愉快，也没有因公事发生过不愉快！"这个说法，可收到很好的效果。

若对方是存心挑拨，或是想得到什么消息，你的一番话就没有半点线索可让他得到，还间接地拆穿了他。对方要是真的想通过某些蛛丝马迹或小道消息而得知你的处境，你的表现也就等于责怪他太过敏感了。

多给别人留余地

中国有句俗语："有理也要让三分，得饶人处且饶人。"这句俗语的意思是，凡事都应该适可而止，给别人留有余地，也是为自己留下退路，这种智慧同样适用于同事之间的关系。

张玲是一位本科应届毕业生，在公司里，她不但学历高，且擅长演讲，工作能力强，很受领导赏识。每次开会，她都会抓住机会滔滔不绝。每当听到其他同事提出一些不够合适的想法时，或在某些事情上得罪了她，她都会毫不客气地严词相向，根本没有考虑到同事的感觉。在她的观念里，这样没有什么不对的地方，她认为，如果不是别人有误在先，也轮不到她攻击。

然而，她的态度却使她在同事中成了只孤单的凤凰，除了老板，大家都不想搭理她。所以她最后只好选择离开公司，并不是由于工作能力不够，而是因为人际压力。而直到她离职前，仍不断地问自己："难道我的观点错了吗？难道我说的都没有道理吗？"其实这不是什么错误，只是忘了给人留点余地，忘了给人台阶……

大部分人一旦被牵扯到争斗中，便不由自主地焦躁起来，一方面为了面子，一方面为了利益，因此得了"理"便不饶人，非逼得对方低头认错、不再言语不可。虽然有时他们会吹着胜利的号角，但却为双方以后的相处种下了隐患。 "战败"的一方也是面子和利益的结合体，人家当然要"讨"回来，因此倒不如得饶人处且饶人，不要把对方逼得太紧，让他有个台阶下，为他留点面子和立足之地，也让自己多条路。 即使自己一方有理，也要容忍三分，用宽容的态度去感化对方，而不是得理不饶人，死盯住对方不放。

有这样一句名言：人不讲理，是一个缺点；人硬讲理，是一个盲点。 很多情况下，理直气"和"远比理直气"壮"更能说服、改变他人。 《圣经》上说："有聪明才智的人都是温柔贤良的。"如果你不留一点余地给得罪你的人，不但消灭不了眼前的这个"敌人"，还会与身边的人越来越疏远。

试想，如果你得理不饶人，那么对方的"求生"欲望有可能被激发出来，而既然是"求生"，就有可能不择手段、不顾后果，这很可能对你造成伤害。 假如在别人理亏时，你不咄咄逼人，他也会心存感激，就算不如此，也不太可能与你为敌，这是人的本性。 况且，世界很小，人们低头不见抬头见，若哪一天两人再度狭路相逢，那时他比你有势力，你想他会怎么对待你呢？ 因此，得理饶人，也是为自己留条后路。

有一家杂志访问了 25 位优秀的财经大亨，请他们说出影响他们一生的一句话。 这些身经百战的大总裁讲出来的话当然字字珠玑，最有吸引力的当属时代华纳公司的董事长柏森斯所说的"不要赶尽杀绝，要留一点退路给别人"。

得饶人处且饶人说起来容易，做起来难，因为任何忍让和宽容都是要付出代价的。 人的一生谁都会碰到个人的利益被其他人侵害的时候，为了培养和锻炼良好的心理素质，就要勇于接受忍让和宽容的考验，在情感激动无法自制时，也要紧闭自己的嘴巴。 忍一忍，就能抵御急躁和鲁莽；说服自己，便不再认为忍让是一种痛苦，从而产生出宽容和大度来。

人的脚所需要的空间不过几寸而已，可是在咫尺宽的山路上行走时，很容易跌落于山崖之下；从碗口粗细的独木桥上过河时，常常会坠入河中。 这是什么原因呢？ 是因为脚的旁边已经没有余地。 同理，在职场中奋斗的职业人，也要给身边的同事留一些余地。 记住，给别人留余地，就是给自己留了条退路。

职场女性要利用好自己的柔弱

古代阿拉伯有一个叫列依的小国，民众们尊称其王后为"斯苔"。她是个十分善良、温柔而又贤惠的女人，国王法赫尔·杜列去世以后，其子继位，号为玛智德·杜列。由于玛智德年纪尚幼，只好由母后代政，这样过了十几年。但是玛智德长大成人以后，却是逆行不孝，不理朝政，整日只知同后妃们淫逸荒嬉，国家大事仍由母后处理，周旋于伊斯法罕、卡赫斯坦等大国之间。

在这种情况下，强大的苏丹玛赫穆德派了一位使者到列依，趁机对斯苔进行威胁："你必须呼我万岁，在钱币上印铸我的肖像，对我称臣纳贡。否则，我会派士兵攻击你们，将列依纳入我们的版图。"随后使者还递交了一份文件——战争的最后通牒。

民众们听到这个事情以后，群情激愤，与敌人誓死血战的气氛笼罩着这个弱小的国家，然而王后却主张向敌人求和。一时间权臣和百姓对王后的行为都百思不得其解，甚至有人诽谤她是"靠出卖身体换回权力的荡妇"，并且有人开始私通苏丹。但是这个明智而坚强的王后宁愿做"坏女人"，亲自赴苏丹的"鸿门宴"，想通过自己努力换取国家的平安。苏丹确实早就倾慕王后的美貌与风仪，而且宴会的地点还选在了国王的寝宫，并且只让王后一个人去。这也难怪臣民不理解王后的行为，而且苏丹的企图也很明显，如果能得到列依王后，便也心满意足。

可事实的真相到底是什么呢？

与王后被猜测成对苏丹献媚取宠的谈话相比，真实情况却深刻得多。

在苏丹的寝宫中，盛装高贵的王后用温和、不卑不亢的语气对苏丹说："尊敬的玛赫穆德苏丹，假如我的丈夫法赫尔还活着的话，您可以产生进犯列依的念头，但是现在他已经去世了，由我代行执政，我的真正想法是：玛赫穆德陛下十分英明睿智，绝不会用倾国之力去征讨一个寡妇主持的小国。但是假如您要来的话，至尊的真主在上，我绝不会临阵逃脱，我会带领全国民众挺身战斗。结果必是一胜一败，绝无调和的余地。如果是我战胜了您，我将向世界宣告：我打败了曾制服过成百个国王的苏丹。而若您取得了胜利，世人会怎么评说您呢？人们会说：不过击败了一个女人而已。不会有人对您大加赞美，因为击败一个女人，根本不值得炫耀。"

强横的苏丹听到这话很震撼，看到她那恬静无畏的表情，苏丹放弃了攻占列依的打算。在她执政期间，苏丹再没有与列依发生过战争。

斯苔王后的高明之处就是很好地利用了自己的性别角色，向强悍的对手展示其弱势的一面，这么做的意思是说："好男不和女斗，如果你还算一个有点儿胸襟的男人，就应该放弃对一个弱女子的攻击。"这样反而令对手恐惧，对方就没有必要再继续了。

女人的柔弱其实是一种不可战胜的力量，它可以击退千军万马而不动用一兵一卒。女人一定不要小看自己柔弱的一面，这可以作为一种锋利的武器去使用，这是只属于女人的隐蔽的强大权力。而在职场中，女人只要正确把握自己的这一优势，就可以和男人面对面地竞争，并在男人的世界里游刃有余地生存。

谢娜和刘梅两个人是同时进入一个单位的，两个人年龄、身高、气质、资历都差不多。刘梅看起来有点柔弱，说话细声细气的，做事慢条斯理，一副惹人怜惜的样子。如果发现自己做了错事，她就那么充满愧疚地望着你，让你都不好意思责怪她。与同事们相处的时候，她也是一副柔柔弱弱、充满依赖的样子。她平时的服饰介于休闲装和职业装之间，随和又不随便。谢娜刚好和她相反，快人快语，行动迅疾，什么事情都表现在脸上。就像大多数能干又看不起笨拙的人一样，她对能力比她低的、头脑比她笨的、行事比她木讷的、对待工作不够热情的同事，总是忍不住会把轻视和不耐烦写在脸上。她每天穿着令人肃然起敬的职业套装，整个人就像一台开足马力的机器，让大家望而却步。

大家想当然地觉得谢娜厉害，认为刘梅要比她柔弱得多。但谁会喜欢与一个特别厉害的人做朋友呢！一年下来，刘梅广结人缘，每个人都喜欢她温文尔雅的模样。发现她愁眉苦脸，碰到难题的时候，大家都愿意去帮助她。受到帮助之后，她那份感激看起来特别真诚，特别令人感动。而谢娜则通常是独来独往，对于自己不熟悉的工作事务，她下了死功夫也要自己钻研。

　　然而到了年终，公司公布销售业绩的时候，看起来懦弱无能的刘梅在业务排行榜上却超过了许多人，当然包括看起来强悍的谢娜。这个结果让大家大吃一惊。谁也不曾想到，填一张单子都似乎怕出错、小心拘谨的刘梅怎么有那么大的能耐！

　　第二年年初，刘梅就被提拔了。她依旧是一副无助、似乎时刻需要帮助的模样。而谢娜因为没有升职，脾气也显得更加恶劣了。

　　来看一下一副柔弱姿态的刘梅是怎么与客户谈业务的。她的语气和态度让人无法拒绝："你要看我做的报价吗？人家做了一整天呢，你要是不看我会伤心的。还有，上次的费用你要结算了哦，可不能赖账啊，人家很紧张的。"嗲溜溜的姿态如此令人不忍拒绝，不经意间，你就中了她的柔软计。同她那种缠缠绵绵的样子比起来，与谢娜一起共事可就枯燥得多了。

刘梅柔弱胜刚强的做法，又一次得到了成功。柔弱的刘梅一步步地取得成功，而刚强的谢娜却没有取得与其刚强的个性相应的成绩。二人之间柔弱与刚强的较量，毫无疑问柔弱取得了胜利。

主动寻找伯乐

许多女性习惯了被动，习惯了等待，当她们开始正式工作之后，仍然保持被动的个性，仍然期待会有伯乐去发现她们，唯独忘了主动去寻找自己生命当中的伯乐。

主动，是一种特别的行动气质，运用好主动会使自己的才华得到充分的展现！

"我已经在公司待了 3 年，但是老板一点也不重视我的工作能力。在他眼里我好像只是一个花瓶，真令人沮丧！"

"我拼命替公司赚钱，但主管总是对我使坏，不是抢走我的功劳，就是把我的功劳平分给大家，我一点热情也没有了！"

"当初谈好了的工作内容明明是企划，但是我现在干的却是打杂的活，不是叫我订便当，就是让我到邮局办事，全都是一些没有技术含量的琐事，弄得我上班时间根本没空好好想企划案，只好带回家去做。"

"同样都是工作，怎么男的和女的差了这么多？好机会都被男同事抢跑了，那些无关紧要、乱七八糟的事却总是有我的份，老板是不是歧视我们女同事啊，还是我根本就跟这家公司犯冲！"

你是不是觉得以上这些话语很熟悉？

无论从事什么样的工作，只要是身处职场中的女性，只要是在为事业打拼的女性，这样的事情仿佛每天都在上演，而且总也找不到合理的解释。

或许是从小所受的教育使然，又或许是我们独特文化氛围的影响，或许是因为女人天生性格柔弱，许多女性在孩提时是顺从听话、不吵不闹的女孩，因而当她们开始正式工作以后，仍然保持被动的个性，不会主动向上司展示自己的能力，更不懂得抬头面对主管的重要性，只会低头默默工作，以为老板一定会知道自己为公司鞠躬尽瘁——因为她们相信"苦心人，天不负"！

但真正的事实却是：为工作东奔西走的老板注意不到这些，除非你主动出击！

因为：

这个社会是一个讲求个性的社会！

这个社会是一个追求表现的社会！

这个社会是一个积极主动的社会！

这个社会中吃香的是会主动出击的女性！

如果你一味地孤芳自赏，觉得自己的付出一定会有回报，相信只要去努力工作，便会有所收获，不懂得主动向老板或主管推销自己，主动向他们展示你的才华，那么，你最终所获得的不但不会尽如你意，搞不好还会影响到你的未来发展，你真的能接受这样的结果吗？ 来看一个职场案例。

　　小雨的工作是设计企业的标志，她从自己的设计中总能够获得足够的满足与自我肯定，所以，她在工作期间十分努力，经常为了设计一个标志花费好几天的工作时间，直至最后定稿。

　　不过，小雨是一个偏于内向的人，她不知道如何展示自己，只会默默地做许多工作，甚至是一些对她来说引不起任何兴趣与激情的工作。即便是面对老板或上司，她也不愿意主动显露自己的特长与才华，当然也更不知道如何去争取自己感兴趣的事物。

她总认为刻意地表现自己是一种太做作的行为，和自己的性格不相符合，所以，她只希望老板能够有朝一日看到她勤奋工作的样子，然后再提升她，并委以重任，而在这之前，她所做的只是默默地努力、再努力，默默地等待老板的发现。

也许正是因为这个原因，对于公司每次的成功，老板总会认为，功劳在于全体设计部的员工，根本没有发现小雨的辛勤付出。

就这样，小雨拿着与其他人相同的薪金，但工作量却是别人的几倍。她感到了一种失落与不公，因为她也有自己的生活圈。

情绪愤懑之下，小雨决定辞去这份工作。在老板询问她原因的时候，她心中积压了好久的不平终于倾泻而出，她把自己的能力、才华和自己对公司所做出的贡献一一向老板做了说明。

在讲述的过程中，尽管小雨的情绪较日常有些激动，不过由于她一向内向的性格，使得她的语言并不是特别激烈，且条理分明，恰好让老板全面地了解了她的情况。

所以，老板在小雨的言谈举止间及时意识到了问题所在，他不仅许诺给小雨加薪，没多久还晋升了小雨的职务，让小雨终于能够心甘情愿地留在公司了。

从小雨的经历中，我们可以得出一个结论，一味被动地等待他人的发现是多么愚蠢的想法！特别是对于你的主管乃至老板而言——他们的日程安排中有成堆的事务要去处理，尽管他们会对你的努力有所耳闻，但若指望他能够切实明白你的真正需要、肯定你的敬业精神，那可能就是天方夜谭了。

所以，改变先前愚蠢的想法吧！聪明的做法是除了在工作上努力做出优秀的业绩外，更应该注意让你的主管知道你的优异。当然也不是让你事无巨细都去汇报，而是要学会适时地表现出自己的能力和才华，争取自己应有的回报，并成为让主管记住你的砝码。

这样一来，他就会觉得你是一个真正了解自己并且充满自信的人，不仅会让你担任重要的职位，而且会分配给你你喜欢的工作任务。最关键的是，你的事业之路也会因为你主动寻找"伯乐"，而走得更为平坦顺利！

再来看一个职场案例。

阿玲是公司的新进职员，从正式上班开始，她就一直默默地干着分内和分外的工作。

早上，别人还没到，阿玲就赶到办公室打扫卫生了，然后，在同事们的办公桌上，各放上一杯她沏好的茶或咖啡。而办公室里的那几个人慢慢地习惯了阿玲的"贴心服务"，很多杂事都让阿玲去做。

晚上，当其他同事收拾东西回家时，阿玲却不言不语地开始收拾一天下来凌乱的办公室，开始了晚上的加班，完成当天的工作或为明天的任务做准备。

这样的工作是辛苦而忙碌的，但阿玲并没有因此跟人到处抱怨，也没有向主管说其他同事的坏话。她知道，自己作为新人，吃点小亏没什么大不了。不过，这并不代表阿玲甘愿就此沉默下去，她一直都在寻找能够适时表现自己的机会。

这一天，公司临时召开一个紧急会议，老板在会上提到了一个关键数据，但现场所有人都一头雾水，大家都不知道这个数据。

就在这时，阿玲勇敢地站了出来，不仅将数据阐述得准确清晰，更加入了自己的一些独到看法。结果，阿玲赢得了所有人的佩服，老板也对她刮目相看。

事实上，这是阿玲辛苦了一个晚上的成果。前天一个偶然的机会，她就听到老板提到了相关的问题，就此知道这个数据对公司相当重要，不过大部分人都没有注意到这个问题。所以，她知道自己找到了一个绝佳的表现机会，并且凭着自己长期的努力，一下子捕获了这个机会。

这件事情之后，老板看中了阿玲的能力，把她视为踏实肯干的栋梁之材。没过多久，阿玲又被提拔为设计部主任。

不可否认，敬业、勤奋的员工是任何一个老板都欣赏的，想升职更是要通过自身的不懈努力，但请你记住，努力工作不是唯一的条件，事业的成功是多方因素综合作用的结果，你只有看清方向、找准伯乐、敢于自荐，方能快速地获取事业的成功。

所以，借鉴一下阿玲使用的方法吧——保持你的优势，继续苦干，但千万不可埋头！

巧对职场欺生现象

我们先来看一个职场案例。

何丽曾经在一家知名外企上班，后来考虑到要获得更广的发展空间，她跳槽到一家大型民营企业。她选择这家企业有两个原因：一是公司非常大，集团下面有很多欣欣向荣的新兴产业；二是何丽将负责公司很重要的一块业务。所以，何丽十分珍视这个机会。

然而，仅仅在新公司待了没几天，何丽就发现自己非常不适应这个新工作。按理来说，何丽工作能力非常强，又是从知名外企跳槽过来的，工作开展起来应该十分顺利，但是在这里无论她说什么，都没有人听，还有一些老员工质疑她的工作能力，几个人聊天说她是"花瓶"，好看不中用，甚至还故意高声让她听见。何丽的工作需要其他同事协调配合，然而有些老员工根本不拿她当回事，她说她的，别人干别人的，何丽的工作根本没法进行，她感到十分委屈，想要辞职，又觉得不甘心。

其实，这种情况就是我们常说的"职场欺生"。无论是刚刚踏入社会的大学毕业生，还是去新单位就职的跳槽者，都可能会碰到欺生问题——老员工故意刁难新员工。这些小事一旦处理不好，就会增加新员工的心理压力，甚至与同事发生不必要的冲突；如果处理好了，则有利于新人今后更好地开展工作。

世界上没有完美的公司，更不可能有完美的同事，遇到欺生现象，你不能消极逃避，或者逆来顺受，而是应该具体情况具体分析，找到欺生的原因，之后再采取相应的应对措施。

欺生的人很多，但归纳起来主要有以下三种。

1. 性格冲动型

欺生的人可能并没有什么太大的恶意，只是争强好胜，嘴上爱损人，欺生也只是想出风头，并非真的要为难新人，因此不必太在意他们的言语刺激。

2. 老大自居型

这类人在单位里工作的时间长，无论是业绩还是工作能力都很出众，他们以老大自居，并对新人指手画脚。他们大多都瞧不起新员工，希望通过教训、指点新人来满足虚荣心，树立起自己的威信。作为新人，有两种应对策略：一方面逆来顺受，另一方面要通过努力工作来尽快提高自己的业务水平，适时、合理地展示自己的才华和能力。

3. 利益冲突型

在一些情况中，新员工的加入会触及某些老员工的利益，比如抢了老人的客户、削弱了一些老人的权力，尤其是新人的到来会替代一些老人的岗位时，欺生现象可能会更明显、更激烈。这种情况下的欺生对新人而言是最具威胁性的，双方的人际关系也更加难以处理。　对此，最好的应对措施是：务必在领导规定的工作领域、任务要求、权限范围内开展工作；尽可能快地熟悉自己的工作内容，提高业务水平；同与自己无利益冲突的同事保持良好的关系；欺生现象产生的时候，在不妨碍自己开展工作的情况下，不要与之发生冲突，应坚定地公事公办、据理力争，甚至可以请领导来解决问题。

给上司留点指导的空间

潜规则告诉我们：做事要多请示上司，功劳得让给上司，一切行动都要归功于上司的指导。

张晓敏从事人力资源专员工作三年，既能干又努力，人缘特别好。但奇怪的是，尽管她付出了巨大的努力，可仍旧原地踏步，没有升职的机会，倒是那些不如她的同事却接二连三地升了职。

张晓敏的确能干，但上司就是不喜欢她。问及原因，是因为张晓敏不懂得照顾领导的面子和感受。

比如，每次开会老板都指定张晓敏做会议记录，可她从来不会让直接主管李虹过目整理出来的文件，总是直接上交给老板，从而博得一阵夸赞！张晓敏帮其他部门做事，也从不事先请示李虹，凡事自己做主，反正老板喜欢她这样的人，结果就留下了隐患。

部门要买个投影仪，李虹让她询价做性价比，然后汇报。张晓敏拿到供应商资料后多方比较，自作主张就订了货，还对李虹说出一大串理由，好像她做事是多么的圆满。最后，张晓敏的确得到了好口碑，但李虹却又将升职机会给了别人，张晓敏叹道："唉，上司真是瞎了眼了！"

其实上司一点也不瞎，人家心里比什么都清楚。那些表现出色，从不出事，也不需要老板指点的人，极难得到领导的重用和认可，甚至会让上司厌烦。因为人都有私心，你太完美，上司无法发挥他的指导能力，就会面子全无，而你也就不会和"进步"或"改正"之类的词挂钩。这时，完美就是你的缺点！倒是那些大错不犯、小错不断，而且喜欢和上司接近的人，轻而易举就能得到提升。因为他们犯错的时候给老板预留了发挥的空间，让上司很有成就感，所以提拔他们时上司可以骄傲地宣布"是我培养出来的"。

由此可见，满足一下上司的虚荣心是必要的一招。为了便于接受上司及时的指导或帮助，刚刚好的女人应该留下破绽让领导觉得自己技高一筹，这要比职员自己埋头苦干更重要。

对于下属而言，由于缺乏职业经验，总会做错事，或者某些工作，即使费尽心思也找不到正确的思路和方向……对于这些情况，如果能经常跟上司沟通和交流，让他知道你在做什么，及时得到上司有针对性、具体性的指导和帮助，那你的成长将是飞速的。

那么，怎样才能得到上司的指导和帮助呢？

不要怕自己做的事情被上司知道，如果上司不清楚我们在忙些什么，彼此之间缺乏沟通和了解，那所谓的提醒和指导就只能是幻想。随时把自己的动向和工作告知上司，以便他们能够尽早发现问题，从而给予指导或帮助。或许，很多人是因为害怕犯错被骂而拒绝这么做，但不这样做，结果只会更糟。

对某些下属而言，一旦把自己暴露出来，就会被上司找到毛病，好像被监控了一样，容易遭受批评。但事实上，有几个上司的批评或指导是出于恶意的呢？纵然上司的批评或指导有时会过激，但不能因噎废食，为此拒绝上司的指导。上司们大都希望自己的下属能快速成长，独当一面。因此，为了自己的进步，不妨大胆地暴露自己。所以，记得每天或定期向上司汇报自己的工作和感悟，把你的工作心态和意识告诉领导，唯有积极主动的人，才更容易被关注和重视。

学会用脑子听话

用耳朵听话，用嘴巴沟通，这是显而易见的，但潜规则却说要用脑子听话，用眼神沟通。

初来乍到的行政部职员婷婷一身稚气，因为公司不大，所以行政部有时候也兼做一些类似秘书的工作。可惜婷婷不知道公司两位高层张副总和李副总是面和心不和，结果捅了篓子。

有一次，婷婷给老板写年终报表分析，她先按李副总设计的表格做报告。过了两天，张副总问婷婷报表有没有什么格式，婷婷就把给李副总的那份报告给了他参考。殊不知，对于李副总的意见，张副总从来都要提出反对的意见。可是，张副总嘴上没说什么，只是冷冷地把婷婷叫进来让她按自己的思路重新设计表格，重新做报表，还开玩笑般不冷不热地加了一句："这可是有知识产权的，要保密哟。"婷婷不明就里，就照着张副总的话做了。结果，两头没讨好。

后来，婷婷终于了解了两位副总的矛盾，原来他们的争斗已非一日，大到争权争利、争人缘，小到争外出公车的品牌，都要显出个人的身价。为了不得罪两位领导，下属们都是小心对待。许多时候，张副总的话没错，李副总的意见也没错，不光要用耳朵听，还要用脑子听进去。

在高人的点化下，婷婷才知道自己碰到了公司运作最艰难的事情，其中滋味只可意会不可言传。面对两个领导，是向左走还是向右走，就看脑子做出的判断对不对了。

李副总的小表妹赵丽丽也在公司上班，那次在给客户做培训时不小心砸坏了一个价值 8000 元的机头。当着张副总的面，李副总不得已皱着眉头严厉地对婷婷说："要查，要按公司规定罚款，决不能敷衍了事！"

这次婷婷可学乖了，先是查找能够遵循的公司制度，然后给行政部出了个方案：扣发赵丽丽一个月奖金。这下，既惩罚了赵丽丽，也满足了李副总。原来，赵丽丽的奖金还不到 1000 块，和 8000 元的机头钱相比，根本不算什么惩罚。婷婷执行方案的时候还特意设计了说辞：非故意损坏要酌情惩罚，情节严重的要照价赔偿。赵丽丽是在工作中把机头弄坏的，当时还在讲课，自然不是故意的，所以就酌情惩罚了。

事后，李副总追问婷婷的解决方案，还故作镇定地说惩罚力度不够。婷婷巧妙地道出了上述理由，李副总没再说话，点点头让婷婷走了。从那以后，李副总见到婷婷时和蔼多了，再也不横鼻子竖眼睛。

潜规则暗示了公司的一种潜在文化和行事规则，老员工们对此深有体会。如果新员工对此尚不了解，那么就嘴巴勤一点，多请教资深同事。面对左右不是的情况，既不能把自己的上司不当回事，也不能把他们的话真当回事，要有弹性地执行任务，只要保住上司的面子就行。

不要和同事有金钱往来

在企业中,金钱是一个很微妙的东西。从古至今,为了金钱争得你死我活的人太多,夸张一点说,什么发展啊,前途啊,说到底就是能挣多少钱养活自己。在金钱问题上,显规则告诉我们同事间要互相帮助团结友爱,潜规则却教会我们不可不争的残酷。如果太在乎所谓的正当的人际关系,不计较金钱,反而会阻碍职场里的资金往来。

对此,刚刚好的女人应该认识到,在竞争激烈的办公室里,必须暗中关注金钱竞争,这样才能免于吃大亏。

客户主任孙妮就曾有一件很尴尬的糗事。月底时,她再度成为"月光女神",日子过得极为痛苦,偏偏又赶上交房租,孙妮实在没办法了,只好向同事侯艳求助。主任第一次开口借钱,侯艳怎好拒绝,于是很痛快地帮孙妮解了燃眉之急。

3000块钱,不大也不小,但孙妮没法一次还清,只好一次次厚着脸皮请人家宽限几天。最后一次,侯艳一面笑嘻嘻地说不着急,一面说前几天给女儿交学琴费虽然要用钱,不过她已经想办法解决了。孙妮听了竟然信以为真,没心没肺地连声道谢。旁边的人听见了,悄悄告诉她,人家侯艳就是暗示你赶紧还钱呢!再说了,你满身名牌居然拖着3000块钱不还,谁信呢?

孙妮这才意识到自己的荒唐行为，第二天马上找到同学拆墙补洞，才算把这一层羞给遮住。至于这赖账不还的坏口碑，也花了很长时间才修补回来。

"同事"的本质是以挣钱和事业为目的走到一起的，虽然平时关系不错，甚至感情浓厚，但涉及钱的问题还是要拎拎清。 离开了办公室这一亩三分地，还不是各自散去奔东西。

有些时候看似一块两块钱的小事，但人家心里可能一直惦记着，所以才有"亲兄弟，明算账"的说法。 只要金钱理清楚了，什么同事朋友都没有问题，但若是搞不清楚，亲兄弟也会慢慢疏远你，甚至还会把你的事情告诉别人，以后就没人敢和你来往了。

金钱不是万能的，但没有金钱是万万不能的，赚钱养家是我们工作的目的。 所以，由金钱产生的矛盾太普遍了，我们要格外慎重。 面对金钱方面的纠纷不能大意，不能因小失大，把小事变成大问题。 同事之间最好不要有债务关系，能避免的尽量避免，懂得委婉回绝。

用好自己的虚荣心

　　爱慕虚荣是女人的天性，这并没有什么错。 如果利用好你的虚荣心，反而会推动你各方面的发展，因为恰到好处的虚荣心可以给女人一颗不服输的心！

　　谈及女人的虚荣心，大家立刻会想到"爱面子"、"拜金"等贬义词。 但事实并非如此。 通常来说，两个女人一旦碰面，自然就会彼此仔细打量一番，然后议论对方的服装、首饰的价钱，以及在哪里买的，攀高比低，这的确不太好。

　　在莫泊桑的短篇小说《项链》里，马蒂尔德因为有虚荣心，为了在舞会上引起他人的注意，向自己的一位朋友借来项链。尽管舞会取得了成功，但她却乐极生悲，因为那条借来的项链丢了。为了还回同价值的项链，她负债破产，辛辛苦苦地做了十年的苦役，付出了沉重的代价。但最后，朋友却说那条项链是假的，根本不值得如此。可见，虚荣心有时候真是害人不浅。

　　爱美是每一个女人的天性，在自己经济条件允许的状况下，买昂贵的首饰、提包、衣服无可厚非。 如果能把自己打扮得更美丽，还能带来好的心情，必要的虚荣心当然值得。 很多女人都觉得，如果能够嫁给有钱的男人，就意味着少了几年白手起家的打拼，也不用为了节省一点儿钱而斤斤计较，更不用为生活的各项开支而精打细算。 自己喜爱的化妆品可以任意购买，不停地上美容院，豪宅名车，豪华大餐，什么都不缺。

然而，凡事都具有两面性，如果为了贪图享受、为了满足虚荣心而将以上视为追逐目标，便会走向极端。如马蒂尔德那样，为了点虚荣心，付出如此之大的代价，可叹可笑。比如在婚姻方面，若把金钱作为择偶的标准，有几个人能获得真正的爱情？

既然虚荣心是不可避免的，不如大大方方地接受，而不要自欺欺人地说自己真的没有任何虚荣心，那么所有的人都可以嘲笑你在撒谎！甚至有人会为此怀疑你根本没有上进心，太懒惰了！现在已经是21世纪了，适当的虚荣心是我们不断前进的动力，没有它，就没有竞争意识。

人在江湖，怎么可能没有一点虚荣心呢？之所以付出，就是期望得到一声赞赏，如果只是甘于做默默无闻的小草，那就永远别想得到鲜花和掌声。虚荣心并不是可怕的恶魔，很多时候正是因为有了虚荣心，人们才去竞争，才去拼搏。虚荣心往往也是一种动力，有时候还会给你的生活增加光彩。

郑秋香在外企工作了六年，业绩不错，但她却总是得不到提升。一年一度的公司成立庆典又临近了，郑秋香决定利用这个机会让同事们都注意到自己。往常公司庆典时，公司都要求员工穿着晚礼服，不过，由于担心抢了领导的风头，许多员工依然穿得很低调。但这一次郑秋香花足了精力和财力，以一个全新的形象出现在庆典上，夺得众人的眼光和赞许，甚至被评为当晚最有魅力的女性，许多原来没有注意过郑秋香的人都以为她是新来的。一个月后，公司内部招聘客服总监，一向不受重视的郑秋香就因为庆典上的一次光彩照人而顺利当选。

托尔斯泰说过："没有虚荣心的人生几乎是不可能的。"恰到好处的虚荣心不仅可以令人更光彩照人，也会让人的心情更加愉快。

适度的虚荣其实是一种积极的心理暗示，有了它，女人的心情就会变好，而且能刺激女人用行动践行誓言，即使很困难的工作也能完成。只要正确对待虚荣心，它就可以推动女人奋发前进。

当你做出了成绩却一直没有被别人认可的时候，其原因可能并不是自己不够优秀，而是缺乏吸引别人注意的能力。你的虚荣心被压制了，而同时，光辉前途也被压制了，刚刚好的女人不妨运用一下虚荣战术！

不妨学点"会哭"的功夫

成年人交流信息使用语言，婴儿表达意愿用哭声。婴儿的哭，不仅仅告诉大人他饿了，更多的时候，是要大人抱他，让大人爱抚他，和他一起玩。哭是婴儿的语言，他以特殊的方式告诉大人，他需要抚爱，需要慰藉，需要温暖。相反，不哭的孩子，大人就很少去关注他，因为他乖、不哭不闹、不让人烦，有时甚至被人忽略了、忘记了。因此，爱哭的孩子也是被人抚爱最多的孩子。

生活中求人办事，总一帆风顺是不可能的，所以要有点"会哭"的功夫。俗话说"伸手不打笑脸人"，更不会有人去打"哭成一个泪人"的恳求者。当然，"眼泪战术"并不一定局限于哭鼻子，凡装成一副可怜样的办法，也属于这种技巧的范围。

通过打动他人而赢得帮助，不愧是办事的一种好方法。要使他人的恻隐之心被打动，并不是一件容易的事，而在这一方面女性的优势是先天的。所以，当你无计可施时，不妨使用"眼泪战术"，打动他人恻隐之心的最好方法就是这一招。

某公司曾经用了一年的时间，才把一位美丽的领班解雇。有时，想要解雇一位工作人员，并不是简单地说句"你被解雇了"就行了。

具体经过是这样的：在过去的一年里，这位领班被人事经理叫去谈了四五次，而每次都在尚未进入主题时，领班就早已泣不成声了。或许是她演戏的天分的确很高，但无论怎样，领班的"眼泪战术"的确影响了这位人事经理。每次经理都对公司领导说："如果必须开除她，你们自己去说吧，我办不到。"就这样，这位领班在那家公司做了一年。

俗话说："会哭的孩子有奶吃。"同样，在女人身上用这个道理，就是会哭的女人有"饭"吃。

放眼看去，到处都有"会哭的孩子"。 在公司里，一样的业绩、一样的工作，会"哭"的人往往会有更好的报酬，因为她一"哭"，老板就会知道她的辛苦、她的劳累、她的付出多、她的收入少、她的后劲不足、她的热情受挫，总之老板会被她"哭"得不得不加薪晋爵以平其愤。 而再看看那些默默工作、不声不响的人，日复一日，年复一年，很难遇到什么好事。 想想也不难理解，偌大的公司，要让老板注意到每一个人怎么可能呢？ 只会做，不会"哭"，谁知道你辛苦？ 谁知道你劳累？ 谁知道你对薪水不是很满意？ 谁知道你时刻想着离开，想到一个你的价值能得到充分体现的地方？ 不知你是否想过，即使去了一个全新的地方，你仍然只是会做不会"哭"，会不会依然是同样的结果呢？

侯礼馨女士在华尔街某公司上班，年轻同事曼丽是和她一起被公司录用的，曼丽违反公司规定偷偷告诉她，她的薪水仅仅是自己的一半。"外国人很受美国公司的歧视。"她友善地说。侯礼馨几乎要气疯了，于是她跟老板们据理力争。她对大老板说："或许你知道得并不完全，与我一起应聘来的员工都无经验。而且这三个月以来，我的成绩最大，一共完成了三个项目，独立完成了其中的一个，带给公司7万多美元的创汇，但被人抢了功。这您知道！而且大家有目共睹，我是多么努力，我的上司根本没有耐心教我任何专业知识，他却拿我的成绩当作他个人的功劳，在公司获取最高的待遇。在这种情况下，我的薪水还要少于他人，我很难接受这个事实。我相信，这也难以让您接受。如果谁因为我的种族而欺侮我、歧视我，我一定和他拼到底！"她说着说着，眼泪就情不自禁地掉了下来，"如果我是你们家庭的一个成员，你们的小妹妹，我会受到这样的对待吗？"最终，侯礼馨得到了公司的道歉卡，同时加薪50%，原来的薪水也补足了。后来，大老板告诉她，加薪的主要原因是因为她对自己的权益能"舍命"维护。"一个能维护自身权益的人，就一定能维护公司的权益。"老板说。

侯礼馨身在美国，与中国有不同的文化和观念，但道理却是一样的。该出手时就出手，大胆地"索取"，与"先付出，后得到"并不矛盾，这表现出了信心、实力与勇气。有些时候，不"索取"就得不到，要想得到只能"索取"。

获得同情心不是非采用眼泪战术不可，但对女性来说，最好的方法之一就是流眼泪。

用眼泪去泡，不仅要能泡，还要会泡。换言之，泡并不是要把时间消极地消耗掉，也不是硬和人家耍无赖，而是要善于采取积极的行动影响对方、感化对方，促使事态转向好的方面发展。

　　生活中有些女性脸皮太薄、自尊心太强，对于人家首次拒绝的打击无法承受。只要前进一受阻，她们就感到羞辱气恼，要么拂袖而去，再不回头，要么与人争吵闹崩。看起来这种女性很有几分"骨气"，然而这种自尊其实太过脆弱，只顾面子而不想达到目的，于事业无益。

　　我们在求人时，既要有自尊，又不要过分自尊。为了交际目的能达到，有时脸皮不妨厚一点，碰个钉子，不气不恼，脸不红、心不跳，照样微笑着与人周旋。只要还有一丝希望就要全力争取，不达目的誓不罢休。

巧妙应对上司的邪念

当你被上司频频邀请一同外出时，即使他真的没有非分之想，你也要小心注意了，因为这说明他很快就要在以后的日子里有所行动了。

　　叶小姐在一家规模很大的医药公司做销售。这份工作挑战性极大，无论在与人的沟通、对专业知识的掌握、对市场的把握，还是在体力的支配上，要承受的考验都非比寻常。叶小姐常常是几个小时前还在约见客户，几个小时后就飞到别的城市了。公司会公开每个人的销售业绩，当你总是完不成公司定额的时候，会有一种无形的压力在你头上。当你承受住了这种压力，一直在提高自己的业绩时，就会因此受到顶头上司、销售部经理或老板的青睐。

　　叶小姐刚进公司时，就碰上了一个对公司十分重要的国外大客户。谈判一开始，对方就拿来一些国际惯例跟她谈。由于双方文化背景、运作方法、思维方式的不同，谈判很快陷入了僵局。但是叶小姐绝不轻言放弃，她一遍又一遍地研究对方，一星期下来，终于成功完成了谈判。叶小姐对老板吃饭的邀请欣然接受了，她说："我当时的高兴劲儿真可以用眉飞色舞来形容。在上司面前也顾不上矜持，吃过饭，他邀我去跳舞，我答应的时候没有丝毫的犹豫。"以后老板便经常请叶小姐吃饭，打保龄球、桌球、壁球，多半是以庆祝叶小姐的业绩和出色表现为借口。有时叶小姐并不想去，但是看到他的眼神那么诚恳，又想想他是自己的上司，就不好意思拒绝了。而老板每次出差都会带些别致的小礼物给她，这当然逃不过外人的眼睛。

一来二去，难免有人在背后议论叶小姐和她的上司，这其中也有妒忌叶小姐的出色表现的人。老板听后淡淡一笑，但叶小姐却十分苦恼。相恋两年的男友听到传闻后深信不疑（因那段时间叶小姐时常晚归和失约），他揣测好强的叶小姐做出的成绩一定是利用了上司。叶小姐怎么解释他也听不进去，而叶小姐一想起来老板的眼神就很烦恼。

其实，叶小姐这种情况很多白领女性经常会遇到，那么怎么办呢？这就要学会拒绝，掌握说"不"的艺术。

1. 最好的回答就是微笑

当你遇到一个需要立即表示否定的问题时，微笑是说"不"的最好方式。上司约林小姐一起去吃晚餐，林小姐没有直接回答，只是微笑着做欲言又止状。"你有约会啦？"上司惴惴地问。林小姐微笑着点点头。"哦，真对不起！"在微笑中双方形成了默契，并没有留下任何尴尬。

2. 幽默，是说"不"的绝妙方式

活泼可爱的女孩小宁，很受大家的喜爱，她同大家

都保持着一份纯真的友情，而其上司却对小宁一往情深。有一天晚上，月色迷人，两人坐在露天咖啡馆的圆桌旁，品着浓香沁人的咖啡，突然上司握住小宁的手，激动地说："你愿意做我的女朋友吗？"小宁反应十分迅速，浅浅地一笑说："我难道不是你的'女朋友'吗？"上司惊讶地望着她。小宁说："我们是朋友，而我又是女孩子，我当然是你的'女朋友'啦。"小宁话里的意思上司立刻就明白了，放开她的手说："是哦，你就是我的'女朋友'。"

总之，作为职场女性，不管在任何时候都要坚持自己的原则，这样能让上司的邪念变成敬重。

如何与女上司打交道

　　许多女人都不喜欢有一个女上司，因为女人敏感、多疑的性格特征使她们和平相处起来很难。 如果你是女下属，千万不要让自己的光芒盖过女上司，也不要梦想和她建立什么样的友谊，做好你的本职工作就行了。

　　带着惊奇、梦想，还有一点忐忑不安，玫玫跳槽到了一个国家机关。做外事工作，在面试时，主考官问她希望有一个男上司还是女上司，她不假思索地回答："男上司。"

　　潜意识里，大多女上司在她心里都会有些口是心非、充满太多的控制欲，而且在她们面前，做个玲珑、优雅、能干的下属，特别是优秀的女下属，是不容易的。尽管不愿意，但仍是一个女上司在等着她。她已五十开外，照理说，她和玫玫的层次完全不同，根本就没有可比性，可玫玫依然能强烈地感到她在同自己较量着。比如上班第一天，玫玫尚未站稳在她面前，这位女上司就不阴不阳地来了一句："穿超短裙在我们办公室是不允许的！"

　　这么冷冷的一句话，把玫玫的心都浇凉了半截。

　　不可否认，尽管现在随着女性越来越多地跻身职场中，出现了越来越多的女性高层管理人员，但女性身上有一些缺点还是不可避免的，如敏感、多疑、爱嫉妒等等。 所以，身为女下属，你就要对自己格外多加几个小"提醒"。

1. 穿着不可相似

看过港剧《金枝欲孽》的女性对其中的一个情节一定不会忘记：恃宠而骄的如妃曾嫉恨有人"撞衫"，迫害一名妃嫔致死。 因此，在即将迎来一个大场面时，每个妃子都不惜重金通过如妃身边的奴婢打听其当日的衣着，甚至连颜色也不敢一样，而暗藏祸心的尔淳便故意引对手玉莹去挑那"撞衫"的衣服穿。

因为彼时，"撞衫"的人简直就是明目张胆地在挑战如妃，肯定不会得到好下场的。 虽然普通人不会发生如后宫妃嫔这样惊心动魄的"撞衫"经历，但在办公室里你和女上司一样穿得雍容华贵，就是侵犯她的威严。

2. 风头不可太过

女人常犯的毛病就是喜欢出风头，虽无大碍，但最好不要盖过女上司。

丽华的主任是位颇有风姿、年近40的女性，在丽华刚来到公司的时候，主任对她也很亲切，现在却越来越冷淡了，对此丽华一直不明白是什么原因。直到有一次部门全体出动举行年终庆贺，酒桌上丽华出尽风头。去唱歌时，她当然也不会错过这个好机会一展歌喉。然而，就在兴冲冲地要唱第三首歌时，在众人的掌声里，丽华无意中看到了女主任受了冷落，她扭到一边的脸上有着极其明显的不快。

在那一刻，丽华一切都明白了。

3.把握交谈的深度

在不了解具体情况之前，别冒冒失失问候她的丈夫和孩子，许多女上司的生活比我们想象的要独特得多；柴米油盐及打毛衣的心得也不能同女上司交流，要知道人的精力有限，跟她谈持家心得，会引起她的警觉——"她是不是上班时一颗心仍在家里？"

此外，交换美容心得是女性之间增进亲密感的秘诀之一，不过女上司和女下属之间不适用这一手法。因此除非她咨询你，否则切勿向女上司陈述养颜的秘方。

4.结交良师益友

单位中常有一些人被称作"大姐"，不仅因为年长，还因她人缘好、威信高。她们行事公正，以身作则，堪为年轻人的榜样。不仅如此，仔细了解还会发现，在为人处世和持家方面她们很有经验，都值得年轻人学习。这样的女上司被你有幸遇上，如果可以赢得其信任成为朋友，对你的事业和生活都会有很大帮助。

独立是女人的另一道风景线

独立是一种很高的境界，它需要高素质的心态和全新的价值观。 在现在开放的社会，女人独立并不是与男人斗争，女人独立的目的更不是消灭自己的本性，而在于找准自己的位置。

独立的女人总是光彩照人、落落大方，灿烂的笑容里透射着高贵的气息，让人仰慕的同时又受到了尊重。

做一个经济独立的女人，不受制于任何人，做自己喜欢做的事情，不必受任何制约，朋友聚会 AA 制，不会引起纠纷，照样玩得开心。 不依靠男朋友、爱人、家长，这样的女人才会更加完美。 也许有些大男子主义的人心甘情愿做你的经济后盾，但是别忘了，你不跟他交往的时候，他会怎么想。 做一个经济独立的女人，为自己找回自信、自尊和自爱。

思想独立对于女人来说尤为重要，作为女人，思想不能独立，说明你的行为也不能独立，思想决定独立嘛！ 人常说，有思想的人就会活得精彩，这句话是正确的。 假如你的思想不能独立，和男朋友在一起时，他会问，我们今天去哪儿玩？ 实际上他是在征求你的意见，另一方面，他是在试探。 如你答"随便呀"或者"你说呢""你说嘛，我不知道"之类的话，他会认为你没有主见，没有思想，凡事不能靠自己，一次两次也许他会接受，但久而久之，我相信，没有哪个男人愿意和一个孩子一起生活，他要找的是女朋友，不是女儿！ 所以女人在思想上一定要独立，要有自己的特质和个性，但要恰到好处，不可张扬。

1. 生活独立

女人在生活上一定要独立，不管是你的男友、亲人还是朋友，都不希望与生活上处处依靠别人的人长期相处，不要说现在这个社会过于现实，社会时刻在进步，如果你一直停滞不前的话，我相信没人会眷恋你。 生活包括很多方面，比如最简单的家务，女人一定要会做家务，不说让你能做满汉全席，至少平常的家常菜会做吧，衣服会洗吧，地会拖吧！ 女人始终是女人，不管你在外面多么风光，回到正常生活中，你就是妻子、母亲、女儿、女友等等。 告诫女人永远不要期望男人能帮你分担多少的家务事，他会认为女人连家里生活这点小事都处理不好，其他更不用说了，人与人之间是相互的，长期下去，后果是不言自明的。

2. 自身素质独立

素质这个词，包括甚广，我们就拿生活小事来说吧！ 穿着打扮，想要独具魅力，一定要有自己的个性，个性所在首先是要定性。 如果你自己都不能准确给自己定位，任由别人的各种不同指点左右，这样下去，你永远不可能进步，找不到自己的风格。 一周七天，无论你出现在哪个场合，你有没有想好要穿什么衣服，怎么打扮呢？ 别说这些有些幼稚，这是细节，是女人生活的必修课。 如果你每天毫无精神地去上班或出现在你老公或朋友面前，他们会认为你不是一个认真生活的女人，也不是一个会生活的女人。 爱美是女人的天性，上帝造就了美丽的女人，我们就要充分展现自己的天性，不管在什么时候，都要让自己漂漂亮亮的，让你的魅力加分。 唯有正确认识自己，才能向那个目标发展改进。

打造充电计划

　　女人应该不断地充实自己，女人如果不愿意做花瓶、不愿意做黄脸婆，那么就要不断地充实自己，给自己充电。只有给自己充电才能获得巨大的能量！任何人都有靠不住的时候，没有永远晴朗的天空。自己要不断地充实自己，不断地给自己补充营养、补充水分，才会拥有自己的无限蓝天。只有自己才可以决定自己天空的颜色。

　　"永远学习"这句话对于现在的年轻女性来说，有着更深一层的意味。特别是作为白领丽人，如果在职场上没有真才实学，在人们眼里就难免留下靠脸蛋混饭吃的印象。如果脸蛋再靠不住，在职场上就自身难保了。无论是拿出业余时间去深造，还是在工作中不断学习，作为职场女性，我们都应该积极行动起来，为自己量身打造一个充电计划，并最终拥有纵横职场的能力。要做好职业定位再去充电。

　　找好充电的切入点，一是与职业密切相关的技能，二是本职工作能力的培养。

　　充电是为了更好地敬业，找工作难，能"站住脚"更难，如果因为继续深造耽误了目前的工作，那么就没有了敬业精神，就不会有相应的业绩；没有业绩，怎么保证以后能找到更好的工作呢？所以说，充电与敬业是相辅相成的，充电是为了更好地敬业。

　　在工作中需要学习的东西是你最好的充电内容。深造不一定要脱离现在的工作，更没必要脱产走回学校。随用随学，做有心人，留心身边的人和事，学会随时感受生活中值得注意的东西，并注意总结别人的成功经验，拿来为自己所用，这可能是生活和工作中能让自己有所收获的最好方式。

一个想要愈变愈好的女人，无不希望能够获得更多的知识，并从中获得启示。 知识不仅是力量，而且像一面镜子一样可以反映自身条件，让我们不仅拥有自知之明，还能具有先见之明。 终身学习，是每一个女人应当给予自身的功课，这样才有助于塑造一个博学多才、见解独到的刚刚好的女人。

在当今这个忙忙碌碌的社会，人们似乎每天都没有充裕的时间去做想做的事情，所以许多念头就此打消了。 但世界上仍有许多人用坚定的意志，可以做到挤出一个小时的时间来发展自己的个人爱好。 值得注意的是，越是忙碌的人，他越能挤出这一个小时来。

一天少看一小时电视，每年你就会省下 365 小时，大约 45 天。 所以，如果你现在每天看 5 个小时电视，那从明天开始只看 4 个小时吧。 用这些时间你可以做想到的事，比如读书、娱乐、沉思、做做操或者写写日记，一定会使你的生活有所改观。

每天花一小时来干我们想干的任何事情，还有助于自身潜能的激发，这种能力若不去挖掘，它会很容易消失。 珍惜时间，就能使我们的心灵变得更美，生活更有情趣，生命更有意义。

如果你想使自己在众多女性中脱颖而出，除了让自己拥有美好的容貌和气质，还要积极、努力地学习掌握各行各业的知识，提高自身知识素养。

喜爱阅读的女人都有这样三个特点：一是特别感性，二是非常细致，三是格外善解人意。

看书的好处在于感同身受的经历，对于女人而言，经历有助于保持美丽。然而现代社会生活的节奏，历练的机会不多，除非你自寻烦恼。因此，看书，尤其是看那些倾情演绎人世沧桑的文学名著，是你获得经历的方式之一。名著中那些丰富而奇妙的人情世故能让你感情丰富、内涵丰厚。

做一个有品位、有内涵的女人，每天多读书，养成良好习惯，培养良好的精神境界！听音乐丰富情趣，给劳累的心灵放个假！畅游网络，接受一些新信息、新知识，给自己鼓鼓劲、打打气！稍微保养一下自己，照照镜子，对自己充满信心。不能每天无所事事，人没有远大的理想就要有近期的目标，没有近期的目标，就要有近期的打算，没有近期的打算就要确定今天要做什么，掌握自己的每时每刻、每分每秒。

欣赏音乐，欣赏别人的文章，读别人的故事，汲取自己所需要的养分，自我充实，自我丰富，自我陶冶。拥有自我，拥有丰富多彩的内心世界，时刻清扫自己的天空，才会拥有属于自己的艳阳天。

追求成功是人类的本能

按照弗洛伊德的理论，人生来就有出人头地的欲望。所谓的出人头地，其实就是一个人走向成功目标的集中表现。追求成功是人类的本能。人为成功而来，也为成功而活。绝大多数人能坚忍不拔地走完人生历程，就是因为成功的目标始终存在。一个人只要有具体的奋斗目标，就有走向成功的可能。

1920 年，美国田纳西州的一个小镇上，有个小姑娘出生了。她的妈妈只给她取了个小名，叫小芳。小芳渐渐懂事后，发现自己与其他孩子不一样：她没有爸爸，是个私生子，人们明显地歧视她，小伙伴们都不跟她玩。她不知道为什么。

她虽然是无辜的，但世俗却是严酷的。上学后，歧视并未减少，老师和同学仍以那种冰冷、鄙夷的眼光看她。于是，她变得越来越懦弱，开始封闭自我，逃避现实，不与人接触。她最害怕的事，就是跟妈妈一起到镇上的集市。她总能感到人们在背后指指戳戳，窃窃私语："就是她，那个没有父亲、没有教养的孩子！"

小芳 13 岁那年，镇上来了一个牧师。她听大人说，这个牧师非常和蔼。她非常羡慕别的孩子一到礼拜天，便跟着自己的双亲，手牵手地走进教堂。她曾经多少次躲在远处，看着镇上的人们兴高采烈地从教堂里出来。

但她只能通过教堂庄严神圣的钟声和人们面部的神情，想象教堂里是什么样，以及人们在里面干什么。

有一天，她终于鼓起勇气，待人们进入教堂后，偷偷溜进去，躲在后排倾听。此时，牧师正在讲道："过去不等于未来。过去你成功了，并不代表未来还会成功；过去失败了，也不代表未来就要失败。因为过去的成功或失败，只是代表过去，未来是靠现在决定的。现在干什么，选择什么，就决定了未来是什么！失败的人不要气馁，成功的人也不要骄傲。成功和失败都不是最终结果，它只是人生过程的一个事件。因此，这个世界上不会有永恒成功的人，也没有永远失败的人。"

小芳被深深地震动了，她感到一股暖流冲击着她冷漠、孤寂的心灵。但她马上提醒自己：得马上离开，趁同学们、大人们未发现她时，赶快走！第一次听过后，就有了第二次、第三次的冒险。但她每次都是偷听几句话后就快速消失掉。因为她懦弱、胆怯、自卑，她认为自己没有资格进教堂。她和常人不一样。终于有一次，她听得入了迷，忘记了时间，直到教堂的钟声敲响才猛然惊醒，但已经来不及了。率先离开的人们堵住了她迅速出逃的去路。她只得低头尾随人群，慢慢移动。

突然，一只手搭在她的肩上，她惊惶地顺着这只手臂望上去，正是牧师。"你是谁家的孩子？"牧师温和地问道。这句话是她十多年来，最最害怕听到的。它仿佛是一支通红的烙铁，直刺她的心上。人们停止了走动，几百双惊愕的眼睛一齐注视着小芳。教堂里静得连根针掉在地上都听得见。她完全惊呆了，不知所措，眼里含着泪水。

这个时候，牧师脸上浮起慈祥的笑容，说："噢，知道了，我知道你是谁家的孩子，你是上帝的孩子。"然后，牧师抚摸着小芳的头发说，"这里所有的人和你一样，都是上帝的孩子！过去不等于未来——不论你过去怎么不幸，这都不重要。重要的是你对未来必须充满期望。现在就做出决定，做你想做的人。孩子，人生最重要的不是你从哪里来，而是你要到哪里去。只要你对未来保持希望，你现在就会充满力量。不论你过去怎样，那都已经过去了。只要你调整心态、明确目标，乐观积极地去行动，那么成功就是你的。"

牧师话音刚落，教堂里顿时爆出热烈的掌声。没有人说一句话，掌声就是理解，是歉意，是承认，是欢迎！整整13年了，压抑在心灵的陈年冰封，被"博爱"瞬间融化了……

小芳终于抑制不住，眼泪夺眶而出，继之泪流满面。

在40岁那年，小芳荣任田纳西州州长。之后，她弃政从商，成为世界500家最大企业之一的公司总裁，成为全球赫赫有名的成功人物。67岁时，她出版了自己的回忆录《攀越巅峰》。在书的扉页上，她写下了这句话："过去不等于未来！"

马斯洛说过："心若改变，你的态度跟着改变；态度改变，你的习惯跟着改变：习惯改变，你的性格跟着改变；性格改变，你的人生跟着改变。"如果你安于现状，奋斗的激情就会渐渐失去。 只有那些不满足现状的人，才能成为真正的成功者。

我们都有这样的体会，当确定只走 10 千米路程时，走到七八千米处便会因松懈而感到很累，因为目标快要到了；但如果要求走 20 千米，那么，在七八千米处，正是斗志昂扬之时。比如射箭，有经验的射手都知道，要想射中靶心决不能瞄准靶心，而要瞄准靶心以上的位置。 这就是"取法于上，仅得其中，取法于中，仅得其下"的道理。 对此，歌德总结说："就最高目标本身来说，即使没有达到，也比那完全达到了的较低的目标，要更有价值。"

一位哲学家到一个建筑工地，分别问三个正在砌筑的工人："你在干什么?"第一个工人头也不抬地说："我在砌砖。"第二个工人抬了抬头说："我在砌一堵墙。"第三个工人热情洋溢、满怀憧憬地说："我在建一座大厦!"

听完这三人的回答，哲学家马上就判断了他们的未来：第一个心中眼中只有砖，可以肯定，他一辈子能把砖砌好就很不错了；第二个眼中有墙，心中有墙，好好干或许能当一位工长、技术员；第三位必有大出息，因为他有远见，有目标，他的心中有一座未来成功的殿堂。

所谓远见，就是在心中浮现出的未来图画。 远见就是目标，是自己的心理愿望——我要飞多高，我要飞多远，我要飞到哪里去？ 远见告诉我们可能会得到什么东西。 远见召唤我们去行动。 心中有了一幅宏图，我们就从一个成就走向另一个成就。 把身边的物质条件作为跳板，跳向更高、更好、更令人快慰的境界。 目标越远大，意志才会越坚强。 没有远见的目标，便会有短期的挫折感。 没有远大的目标，一生都是别人的陪衬和附庸。 没有远大的目标，就没有前进的动力，如同在渺无目标的大海上漂荡，终归会迷失航向，永远也到达不了成功的彼岸。

古人云： "不谋全局者，不足与谋一域；不谋万世者，不足与谋一时。" 因此，成功目标，应该是一个目标体系，即人生目标领导下的各个远、中、近期目标，大目标之下的各类中小目标。 各目标之间，还应该有很强的逻辑性，很强的张力。每一个小目标都是人生目标的分解，都是远大目标的基因和缩影，而每一个小目标的变化和调整，都会对整体目标体系产生影响，这样，各目标产生的就是相乘效果，雪球效应。 唯如此，远大的目标才不至于与烦琐的日常生活相脱节，生活才真正有了精神寄托。

人生的目标必须是明确的。 它是一个不断积累的过程，是一个个量化的具体目标，是人生成功旅程上的里程碑、停靠站。 每一个 "站点" 都是一次评估，一次安慰，一次鼓励，一次加油。 一句话，目标要量化，才能对成功有益。 能否量化，是目标与空想的分水岭。

　　一个小和尚在一座名刹担任撞钟之职。照他的理解，晨昏各撞一次钟，简单重复，谁都能做，钟声仅是寺院的作息时间，没什么大意义。越想越觉得无聊至极，干脆做一天和尚，撞一天钟吧。

后来，住持宣布调他到后院劈柴挑水，原因是他不能胜任撞钟之职。小和尚很不服气："我撞的钟难道不准时，不响亮？"住持告诉他说："你撞钟撞得很准时也很响亮，但是钟声空泛、疲软，没什么意义。因为你心中没有撞钟这项看似简单的工作所代表的深刻意义。钟声不仅仅是寺里作息的准绳，更为重要的是要唤醒沉迷的众生。为此，钟声不仅要洪亮，还要圆润、浑厚、深沉、悠远。心中无钟，即是无佛；不虔诚，不敬业，怎能担当神圣的撞钟工作呢？"

目标是一个看得见的彼岸，失去了目标，也就像小和尚一样，最终迷失了自己。一旦在心中锁定了目标，心中便有了一幅清晰的图画，你就会集中精力和资源投入到你所选定的方向和目标上，因而你也就更加热心于你的目标。

目标是人生努力的依据

　　许多年前，美国某报曾作过 300 条鲸鱼突然死亡的报道。这些鲸鱼在追逐沙丁鱼时，不知不觉被困在一个海湾里。 弗里德里克·布朗·哈里斯这样说："这些小鱼把海上巨人引向了死亡。 鲸鱼因为追逐小利而惨死，为了微不足道的目标而空耗了自己的巨大力量。"

　　对此，世界顶尖潜能大师安东尼·罗宾指出："有什么样的目标，就有什么样的人生。 没有目标的人，就像故事中的那些鲸鱼。 他们有着巨大的力量与潜能，但他们却把精力放在小事情上，而小事情使他们忘记了自己本应做什么。"

　　一个没有目标的人就像一艘没有舵的船，永远漂流不定，只会到达失望、失败和沮丧的海滩。

　　你给自己定下目标之后，目标就会在两个方面起作用：它是努力的依据，也是对你的鞭策。 目标给了你一个看得着的射击靶。 努力实现这些目标，就会有成就感。 对许多人来说，制定和实现目标就像一场比赛。 随着时间的推移，你实现了一个又一个目标，这时你的思想方式和工作方式也会渐渐改变。

　　有一点很重要，目标必须是具体的，可以实现的。 如果目标不具体——无法衡量是否实现了——那会降低你的积极性。为什么？ 因为向目标迈进是动力的源泉。 如果你无法知道自己向目标前进了多少，就会感到泄气，最后肯定会甩手不干了。

　　一位医生曾对活到百岁以上的老人作过调查。 后来他让人们思考一下这些人之所以长寿的共同因素，大多数人以为这位医生会列举食物、运动、节制烟酒，以及其他影响到健康的东西等。 然而，医生给出的答案却令人感到惊讶：这些寿星在饮食和运动方面没有什么共同特点，他们的共同特点是对待未来的态度——他们都有自己的人生目标。

制定人生目标未必能使你活到 100 岁，但必定能增加你成功的机会。 人生倘若没有目标，肯定会一事无成。

有些人常常混淆了工作本身与工作成果的基本概念，以为大量的工作，尤其是艰苦的工作，就一定会带来成功。 但是却不知道任何活动本身都不能保证一定能成功。 一项活动要有用，就一定要朝向一个明确的目标。 也就是说，成功的尺度不是做了多少工作，而是做出了多少成果。

关于这个概念，最好的例子是法国博物学家法布尔所做的一项研究的结果。 他研究的是巡游毛虫。 这些毛虫在树上排成长长的队伍前进，有一条毛虫带头，其余跟着向前爬。 法布尔把一组毛虫放在一个大花盆的边上，使它们首尾相接，排成一个圆形。 这些毛虫开始动了，像一个长长的游行队伍，没有头，也没有尾。 法布尔在毛虫队伍旁边摆了一些食物。 但这些毛虫要想吃到食物就必须解散队伍，不再一条接一条前进。

法布尔预料，毛虫很快会厌倦这种毫无用处的爬行，而转向食物。 可是毛虫没有这样做。 出于纯粹的本能，毛虫围着花盆边一直以同样的速度爬行了 7 天 7 夜。 它们一直走到饿死为止。

这些毛虫遵守着它们的本能、习惯、传统、先例、过去的经验、惯例，或者随便你叫它什么好了。 它们干活很卖力，但毫无成果。 许多潜能未发挥出来的人就跟这些毛虫差不多。

他们自以为忙碌就是成就，干活本身就是成功。

目标有助于我们避免这种情况发生。 如果你制定了目标，又定期检查工作进度，自然就会把重点从工作本身转移向工作成果了。 单单用工作来填满每一天，是不足取的，做出足够的成果来实现目标，这才是衡量成绩大小的正确方法。

19 世纪的英国诗人济慈，幼年就成为孤儿，一生贫困，备受文艺批评家抨击，恋爱失败，身染痨病，26 岁就去世了。 济慈一生虽然潦倒不堪，却不受环境的支配。 他在少年时代读到斯宾塞的《仙后》之后，就肯定自己也注定要成为诗人。 济慈一生致力于这个最大的目标，使自己成为一位永垂不朽的诗人。 他有一次说："我想我死后可以跻身英国诗人之列。"

心中高悬这样的目标，就会勇猛奋进。 如果在自己心里认定会失败，那就永远不会成功。 你自信能够成功，成功的可能性就将大为增加。 没有自信，没有目标。 你就会俯仰由人，一事无成。

一位经济学教授在测验时出了三个类型的问题。他要学生由每一类型中选一题作答。第一类型最困难，可得 50 分；第二类型较容易，可得 40 分；第三类型最简单，只得 30 分。

试卷发还学生时，那些选择最困难题目的人得了 A，选择 40 分题目作答的人得了 B，而那些只企图回答最简单题目的人得了 C。学生们不了解为何如此，因此问教授给分标准为何。教授微笑着解释说："我并不是要测验你们的知识，而是要测验你们的目标。"

事实上，大多数人所追求的目标，只在于如何偿付每月恼人的账单。当一个人落到这样的境地时，已经谈不上什么人生目标了。我们要记住，有什么样的目标就有什么样的人生，目标对于我们的人生来说，就像撒在园中的种子，如果不加留意，有一天野草就会蔓生，它无须我们关照太多，自然会长得又快又多。如果你期望潜能得以充分发挥，那么就请你定下一个远大的目标，相信你在向它挑战的过程中，会发现无穷无尽的机会，使人生攀上一个新的高峰。